ファン文庫

TearS

旅先であった泣ける話

～そこで向き合う本当の自分～

株式会社 マイナビ出版

TearS

CONTENTS

遠くへ行きたい

浅海ユウ

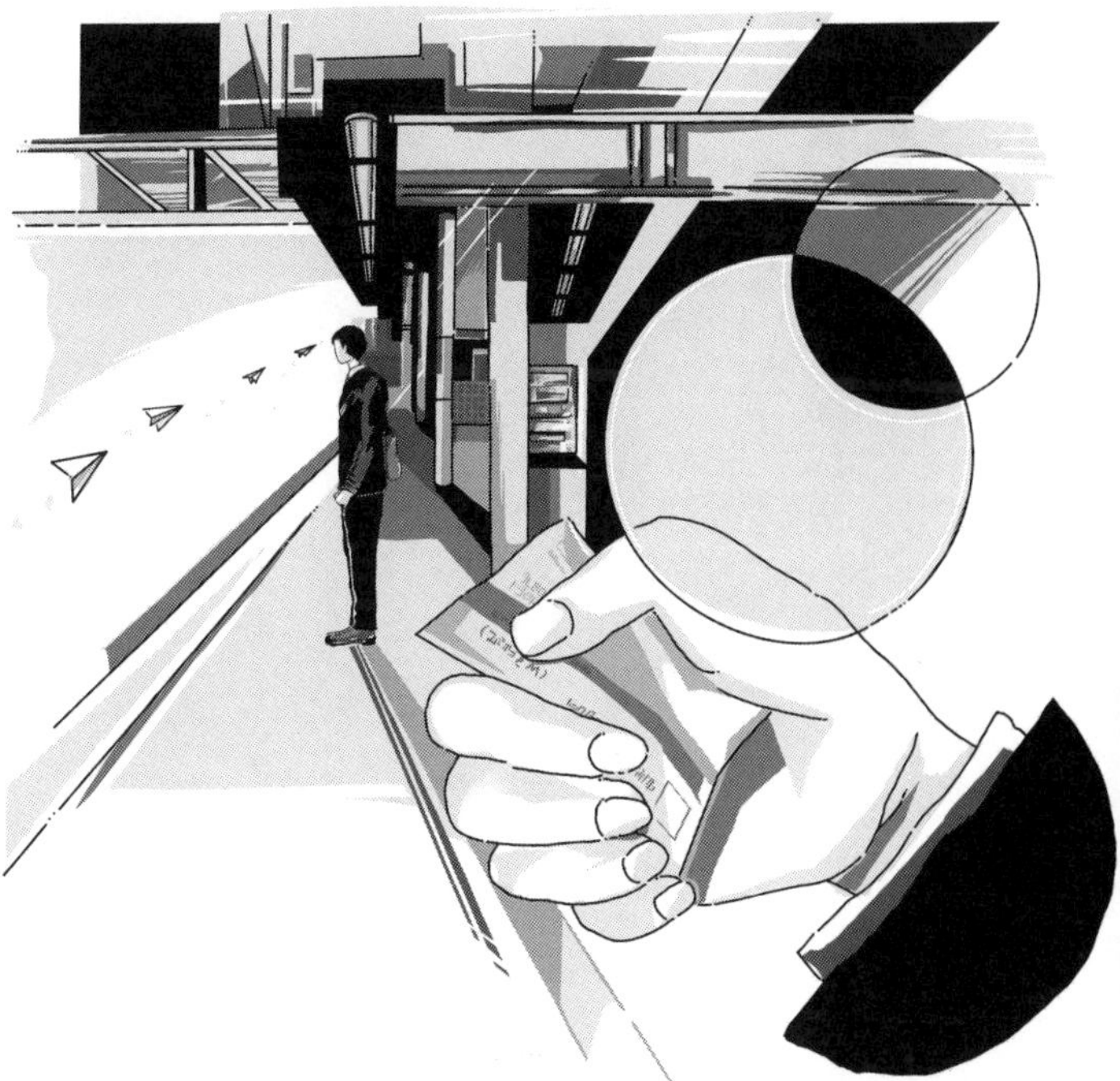

いつものように朝七時に自宅を出て、品川から電車に乗って新宿で降りた。先月から通い始めた会社まで駅から徒歩十分、もう目と鼻の先だ。人の流れに急かされるようにしてホームを歩いていると、不意に『お前、仕事をナメてんのか！』という叱責が脳裏に蘇る。上司が自分を見る時の嫌悪感を露わにした顔を思い出し、足が前に進まなくなった。それでも行かなきゃ。働かなきゃ。

そう思った途端、吐き気が込み上げ、柱の陰に逃げ込んでうずくまった。その僕の耳に『頑張ってね』という妻の声が聞こえた。その励ましに応えようと、必死に立ち上がった。行きたくない、と心の中で叫びながら。

ハッと気が付いたら、会社に向かわずに、無意識のうちに特急電車に乗っていた。慌てて周囲を見回す。握りしめていた切符はあずさ13号、茅野《ちの》までの切符だ。茅野は小学生の頃に父の転勤で一年住んだことがある。あの頃の楽しかった記憶が、無意識のうちに、そして衝動的にこの切符を買わせたんだろうか。何やってんだ、僕は。自分のやっていることが信じられない。会社に連絡しようとしたが、スマホがない。多分、切符売り場に忘れてきたんだろう……。

——ヤバいって。どこかで降りて会社に電話しないと、クビになる。

そう思っているのに立ち上がれない。電話をしている自分を想像すると、胃の辺りがムカムカし、血の気が引く。どうすんだよ、こんなことして。焦るのにプレッシャーから解き放たれる快感を抑えられない。——早紀《さき》。ごめん……。

十歳年上の妻、早紀とは前の職場で知り合った。早紀は生命保険会社の管理職で、僕は彼女の会社が入っているテナントビルの清掃のアルバイトだった。

早紀がトイレに置き忘れたスマホをオフィスに届け、お礼にとランチに誘われたのがきっかけだ。意志が強く、自信に満ち溢れている、自分とは正反対の彼女に魅かれた。その後、積極的な彼女からのアプローチに戸惑いながらも、半年ほど付き合い、三十代半ばという彼女の年齢を考慮して籍を入れた。彼女がなぜ自分と結婚してくれたのかわからないうちに早紀は妊娠した。それまで、バイトすら長続きさせず職を転々としてきたが、さすがに妻子を養わなければという自覚と責任感が芽生えた。早紀のツテで設備用のソフトを販売するシステム会社に営業として採用してもらえた。なのに、またうまくいかなくなった。あそこに行くのは嫌だ。パワハラ上司がいるあの会社には。

どうして僕は普通の人ができていることを我慢できないんだろう。

窓の外に広がる田園風景を眺めながら自分を責めた。中学でイジメにあって以来、高圧的な人間が怖いのだ。そして、嫌なことがあるとすぐに引きこもる。この状況を何とか克服しなければ、と思うだけで吐き気を催すようになった。

嫌な記憶を辿っているうちに、うとうとし始めた。

『茅野～。茅野～』というアナウンスが聞こえ、慌てて電車を降りた。駅舎を出ると山と畑しか見えなかった。日差しがきつい。どうするかな……。財布の中には千円札が一枚。小銭が数枚。知り合いもいない。

――けど、ここまできたら少しでも遠くへ行きたい。

駅を離れ、少し歩いたところにあるバス停にバスが停まる。乗れとばかりに。

車体にアルピコ交通と書かれたバスに乗ってみると、前方の表示板に北八ヶ《きたやつが》岳《たけ》ロープウエイ行きとある。こうなったら自棄《やけ》だ。財布の金が足りるところまで行ってみるか。腹を括って後方のシートに座った。

途中からバスは山道に入り、雲ひとつない空と夏山の景色が美しい。ただ、料金表示が気になってゆっくり外を眺める余裕がない。

が、終点まで行く度胸はなく、八百四十円のところで下車してしまった。

少し歩くと、公園のような広場があり、奥のベンチに腰を下ろした。

解放感の後には罪悪感がやってくる。今ごろ、早紀のところに連絡があって、僕が会社に行かなかったことがバレているかも知れない。早紀は僕の責任感のなさに呆れ、愛想をつかしているだろう。――帰れない。

このまま何のしがらみもない場所でホームレスとして生きるか……。いや、僕みたいな人間が未練がましく生きていても仕方ない。早紀や両親に迷惑をかけるだけだ。潔く人生に終止符を打つ方がいい。かといって自分で自分を始末する度胸もない。悶々としていると、「ワン！」とすぐ近くで犬の声がした。目の前にピンクの舌を出して息を弾ませる大きなゴールデンレトリーバーがいた。

「わっ！　びっくりした……！」

「すみません！」

レトリーバーを散歩させていたらしい長身の男性が追いかけてきて、地面に落ちたリードを摑んだ。筋肉質で引き締まった体がTシャツの上からもわかる。

「あ。いえ、大丈夫です」

会話はそこで終わり、すらりとした男性は犬を引っ張るようにして去った。

結局、そのまま半日を公園のベンチでスマホをいじったり、空を見上げたりしてぼんやり過ごした。もう太陽が傾いていた。真夏だというのに陽が陰ると少し、肌寒い。うっかり標高が高いところまで来ちゃったから夜は寒そうだ。死のうかなんて考えていたくせに、凍死の心配をしている自分が滑稽だった。

「ワンワン！」と、遠くで犬の声がする。昼にも見たレトリーバーだ。また、飼い主の男性を引っ張るようにしてこちらへ向かってくる。

「すみません。実はこのベンチの下、カンタ……この犬のお気に入りの場所で」

すぐに立って場所を譲ろうとすると、男性は「あ、半分だけお借りできたら大丈夫なんで」と言って隣に腰を下ろす。すると、カンタは彼の足許に伏せて撫でられ、気持ちよさそうに目を細める。こうやって一日二回の散歩の途中、いつもここで休憩するのだと男性は言う。そして、しばらくの沈黙の後、彼が、

「まだ今夜の宿を決めてないのならウチに泊まりませんか？　俺、この先でペンションやってるんですよ。物置にしてる部屋で良ければ、ベッドもあるし」

と言ってくれた。僕は驚いて、え？　と彼の顔を見る。

「何となくわかるんだ。行き場のない人」

彼はニッと口角を引き上げるようにして笑った。そして、戸惑う僕に、

「そろそろバイトの子たちと交替しなきゃいけない時間なんだ。行こう」

と、立ち上がる。僕にそれ以外の選択肢がないことを知っているかのように。

怪しい。けど、たとえこの男性が詐欺師でも殺人鬼でも、今の自分にはどうでもいいことだ。

散歩に満足したのか今度はゆったり歩くカンタに先導され、戸惑いながらも男性と一緒に夕闇に包まれ始める山道を登った。道すがら彼の名前は安西《あんざい》遼《りょう》平《へい》、三十五歳だと聞かされた。そして、以前は東京に住んでいたのだという。

彼と出会った広場から歩いて二十分ほどのところに、ログハウス風の建物が見えてきた。絵本に出てきそうなメルヘンチックな外観だ。

案内された二階には部屋が四つあった。「ここ、勝手に使ってくれていいから」とドアを開けた一室には段ボールやパイプ椅子などの備品が置いてあった。が、ベッドもあり、片付ければちゃんとした客室として使用できそうに見える。

そんな僕の感想が聞こえたかのように、安西さんは「ここは基本、俺とバイトだけでやってるから、お客さんは一日二組までって決めてるんだ」と笑った。

「食事はお客さんの入浴が終わってから。九時頃になるけど、いいかい？」

いいも悪いもない。「あの……。ここまでのこのこついて来といて今さらなんですけど、実は僕、お金がなくて……」と白状した。ところが彼は「そうかな、って思ってたよ」と笑う。そしてその時初めて「名前は？」と聞いた。

「星野《ほしの》です。星野雅哉《まさや》」

「じゃあ、雅哉。明日からカンタの散歩だけ頼むよ」

翌朝、僕は部屋の窓から八ヶ岳の雄大な稜線を見て感動した。ダイニングルームへ下り、隅で小さくなってまかないの朝食をとりながら、安西さんと客たちのやりとりを盗み見た。

客は皆、リピーターらしく、安西さんと親しそうだ。

「安西さん。時間ある時に蓼科湖《たてしなこ》、連れてってくださいよぉ」

「安西君。ゴルフクラブ、もう届いてるよな？　また一緒にラウンドしよう」

テキパキと仕事をこなしながら、高齢の客、学生らしき客、どんな相手とも対等に楽しそうに喋る安西さんは、同性の目から見てもカッコよく、憧れる。

ただ、ペンションの仕事は本当に忙しそうだ。食事の用意にベッドメイキング。僕はごく自然に「何か手伝えることないかな？」と自分から申し出ていた。

「じゃあ、キッチンの洗い物を頼んでもいいかな？」

それからの三カ月はあっという間に過ぎた。

ルーティーンはカンタの散歩だが、次第に他にも手伝える仕事が増えてきた。散歩のルートである山道には赤紫色の花が鈴なりにつくヤナギラン、粉雪のように白いウスユキソウ、黄色い花がたわわに咲くアキノキリンソウ。早紀は素朴な花が好きだった。高原の花を見ると早紀を思い出し、罪悪感に苛《さいな》まれた。

少しずつ手伝える仕事も増え、初対面のお客さんとも喋れるようになった。東京ではちょっとしたことで凹《へこ》んだり、立ち直れなくなったりしたのに、ここでは少しぐらい失敗を注意されても、不思議と引きずらなかった。

そうして、早紀のことを思い出す時間も減ってしまった。

客が寝静まったある夜、安西さんの部屋の前のベランダに置かれたチェアで満天の星を見ながらビールを飲んだ。

　その時、少し酔いが回ったのか、彼は初めて自分の過去を喋った。

「東京では証券会社で働いてたんだ。俺には相場の神様がついてる、って本気で信じてた。天才って言われたよ。給料もボーナスも破格の待遇でさ」

　背広を着て、オフィスでバリバリ働く彼を想像するのは容易なことだった。

「けど、五年前。個人では背負えないほどの大変な損失を出してしまった」

　天狗になっていた、馬鹿だった、妻にも言えなかった、と自分に対する罵倒を一気に吐き出した彼は寂しそうに笑って、ビールを飲み干した。

「で、逃げたんだ、東京から。蒸発とか失踪とかいう、アレだよ」

　ドキリとする僕に、安西さんは「顧客と会社は多大な損失を被《こうむ》った。助けてくれる上司も、相談に乗ってくれる同僚もいなかった」と言う。

「投資は自己責任であるとは言え、客から心が砕けるまで罵られて、気が付いたら青森にいた。目の前に冬の津軽海峡《つがるかいきょう》があった。けど、結局俺は、死ぬことも東京に戻ることもできなくて、また電車に乗った……。在来線を乗り継いで、何時間も電車に揺られて、終点で野宿して、また次の朝、電車に乗って。綺麗な日本アルプスが見えて、何となく降りた」

そして、僕が座っていたのと同じ公園のベンチにぼんやり座っていたところを、当時このペンションのオーナーだった老夫婦に拾われたのだという。

初めて見る悲哀に満ちた安西さんの横顔から、思わず目を逸らした。その視線の先、室内のキャビネットの上に一枚の写真が飾ってあるのが見える。可愛い五歳ぐらいの女の子の写真だ。——あれは……？

僕の視線に気づいたように安西さんが答えた。

「娘の写真。調査会社が盗撮したものをもらった」

彼の失踪当時、娘さんはまだ赤ん坊だったという。

彼が東京から逃げて二年後。このペンションで老夫婦を手伝いながら暮らすうち、やっと妻子に赦《ゆる》しを請う勇気が湧き、一度東京に戻ってみたという。

「けど、一緒に暮らしていた郊外の家にふたりの姿はなかった」

そんな……。勇気を振り絞ったのに。安西さんの絶望感を想像し、絶句した。

「思えば、仕事ばかりで俺は家庭を顧みなかった。金を稼いで食わせてやっているんだから文句はないだろうと思ってた。横柄だったんだ。俺が居なくなって、ふたりはきっと幸せになってる、って信じるしかなかった」

それから更に三年、安西さんは一心不乱に仕事に打ち込んだ。そして去年、彼を拾ってくれた老夫婦が引退し、ペンションを彼に譲ってくれたという。

「そしたら、また無性にふたりに会いたくなった。このログハウスの窓から見える景色をどうしても妻と娘に見せたくて。調査会社を頼って捜し当てた妻は、団地の公園で娘が遊ぶのを眺めてた。けど、その傍には、優しそうな男の人が寄り添ってたんだ」

調査会社の報告では、彼の妻は独身のままとなっていたそうだが、娘もその男性に懐いているように見えたという。

「妻がひとりになるのを待って話しかけたら、幽霊を見るような目で見られたよ。当然だよな、五年も経ってるんだから」

安西さんは茫然としている奥さんに自分の愚行を詫びたという。そしてあの男性と結婚するのなら自分は身を引くから離婚届を送ってくれ、とペンションの住所が載っているパンフレットを渡し、それっきり、妻子には会ってない。それが半年前のことだ、と話す横顔にはいつもの強さは全く感じられない。

「雅哉。君はまだここに来て二カ月だ。今ならまだやり直せるんじゃないか?」

ドキッとした。逃げて来たことは言ってなかったのに、と思って。

「わかるって言ったろ? 行き場のない人間が。あの頃の俺と同じだからな」

そう言って安西さんは足許がおぼつかない様子で室内に入り、ベッドに倒れ込んだ。いつも隙がなくスマートな彼らしくないほど酔っていた。僕はまだ頬の赤い安西さんに毛布を掛けて部屋を出た。

自分の部屋に戻ってからも、安西さんの『今ならまだやり直せるんじゃないか？』という言葉が繰り返し蘇って眠れない。悩んだ末、リビングにある公衆電話に百円玉を入れ、早紀のケータイ番号を押した。コール の間、ドキドキと心臓が落ち着かず、何度も切りそうになる。

公衆電話であるにも関《かか》わらず、受話器の向こうから『雅哉？』と尋ねる早紀の声がした。申し訳なさでいっぱいになり、手が震える。何とか「うん……」と答え、次の瞬間、同時に「ごめん！」と声を上げていた。彼女には何の落ち度もないのに、『私、雅哉の頼りないところが好きだった。自分が居なきゃダメなところが。そんな雅哉がいたから頑張れた。でも、ちゃんと言ったことないし、結婚にプレッシャー、感じてたよね？　私と出会いさえしなければ雅哉は失踪したくなるような気持ちにならなかったんじゃないかとか、色々考えてた』と涙声で詫びる。こんな僕を責めることもせずに。

「早紀、ごめん……」

暗いリビングにうずくまり僕も泣いた。

翌朝、お客さんを見送った後、安西さんに事情を話し、早紀の下へ帰ることを告げた。すると彼は「良かったな。今度は家族で遊びにきてくれ」と言って、自分のことのように嬉しそうに僕を送り出してくれた。沢山の葡萄と一緒に。

幸せそうに見えた安西さんの心の底にある悲しみが気がかりだった。けれど、自分の身近な人さえ幸せにできない自分が彼のためにできることはないだろう。

後ろ髪をひかれる思いで駅に向かう途中、向こうから歩いてくる親子に気付いた。その女の子に見覚えがある。すれ違った後で、安西さんの部屋にあった写真の女の子に似ていることに気付いて振り返った。無邪気な声が聞こえる。

「お母さん。新しいおうちってどんなとこ?」

「窓から八ヶ岳っていう高いお山が見える、木のおうちだって」

やっぱり安西さんの奥さん? 立ち止まって、楽しそうにスキップする女の子の後ろ姿を見つめる。胸の奥がじわっと温かくなるのを感じた。

僕もやり直すよ。そして、今度こそ逃げない。そう夏の空の入道雲に誓った。

ふるさとは遠い緑

朝来みゆか

「疲れたぁ」

台所に入ってきた史奈《ふみな》ちゃんが冷蔵庫から麦茶のポットを取り出す。私は糠《ぬか》にまみれた手をさっと洗った。

「西瓜切ろうか」

夕食後に食べるつもりだった西瓜をまな板に載せる。

孫娘の史奈ちゃんが泊まりにきたのは五日前。新鮮で楽しかったのは最初の一日か二日だけで、既に私は彼女を持て余している。何しろ不平不満ばかり。中三になっても親にスマホを買ってもらえないぼやき、大量の宿題を課す教師への恨み言。

テーブル越しに向かい合い、手を合わせる。赤い果肉をじっと見つめた史奈ちゃんが、しゃりり、と遠慮がちに歯を立てた。

「西瓜、好きじゃなかった？」

「別に。嫌いとかじゃないから」

好きでも嫌いでもないのね。だけどしっかり食べるのね。二人分の皿を洗い、おしぼりを渡すと、受け取った史奈ちゃんが苦笑いをした。

「おばあちゃんは働き者だってお父さんが言ってたけど、ほんとだね。ちっともじっとしてない」

「動いてる方が落ち着くのよ。お勉強の邪魔になるかしら、ごめんね」

「ううん、すごいなと思って。あたし面倒くさがりだし」

「七十年以上も生きてると、いろんなことがあるからね。明日はもう来ないかもしれないって思いながら眠る日も……。だから、何でもすぐにやるって決めてるの」

「おばあちゃんなら宿題もすぐ終わるんだろうなあ」

「どうかしら。お勉強はあんまりね」

「今、何歳だっけ」

「七十五になりました」

「七十五かぁ……。おばあちゃんって八丈小島《はちじょうこじま》で育ったんでしょ？」

そうよ、と私はうなずく。私が島を出て、本土の親戚のところに身を寄せたのも、ちょうど今の史奈ちゃんと同じ十五歳だった。

「すごい経験をしてるんだぞ、自給自足だぞって、お父さんが言ってた」

「時代が時代だしね。小さな島はどこもあんなものだったと思うわよ」

「電気はどうしてたの？　陽が沈んだら真っ暗？」

「ランプを使ってたわ。柱にぶら下げてね」

「電話もなかったんだよね？」

「学校にあった。小さな集落だから、一、二、三年生で一クラス、四、五、六年生で一クラス。中学校も一クラス。それが本土の高校に上がってびっくりした。まぁ、何もかもが島とは違う。何十人ものクラスで、街には電車やバスが走っていて」

それまで描いてきた世界地図はごく小さい点でしかなかったのだ。常識のすべてが通用しなくなった。あの春。

「島の方言はあったの？」

「ほとんどないわね」

「へえ、意外」

言葉こそ通じるものの、異世界に放り込まれた私の衝撃と混乱、そして絶望を誰もわかりはしない。高度経済成長期の東京に、田舎育ちの少女の居場所はなかった。それでも生きていかなければならない。私は押し黙り、無害な人物に見えるだろう笑みを浮かべ、周りに合わせる術《すべ》を身につけた。変に目立ちたくなかった。

史奈ちゃんは宿題に戻った。そして夕食の最中に、鯵フライをつまみながら、また島の話題を持ち出した。

「魚料理が得意なのも、島で育ったから？」

「得意というか、親がさばくのを見てたからね。椿油も搾って作ったわ」

「へええ、油って作れるんだ……。魚を獲りに出るのは朝？」

「いいえ、大人は朝から昼まで畑仕事。夕方に漁をする。冷蔵庫がないから、その日に食べる分しか獲ってこないの。魚だけじゃなくて、伊勢海老もよく食べたわ」

「伊勢海老⁉　豪華！」

「牛や豚肉はお正月しか手に入らない。普段は……ときどき鶏ね。親が絞めた鶏に熱湯をかけて、羽をむしるのは兄の役目。兄が島を離れてからは、私」

ふえええ、と史奈ちゃんが情けない声を上げる。

思い出は鮮やかに残っている。台風が来る前には、複数の雨戸をまとめて縛り、飛ばないようにした。山を挟んだ集落との合同運動会に向けて、父たちが道を作り、橋をかけた。お風呂がドラム缶じゃなくなったのは、九歳のとき。

「まぁ海と山しかないんだから、子どもは海で遊んでたわね。胡瓜を投げて、しばらくすると浮いてくるの。少し塩辛くなって、おいしくて」

「胡瓜って浮くんだ……。水着は？　持ってた？」

「親が買ってくれたわよ。週に一度くらい、八丈島から船がいろいろなものを運んでくる。こっちには店がなかったから」

「店がない？」

「そうよ。だから私、お金を使ったことがなかったの。本土に来て初めて使った」

史奈ちゃんが呆然としている。

私は笑った。比較する対象がなければ、貧しさを実感することもない。今や百円で手に入るものも多い。便利な世の中になったものだ。

「おばあちゃん、島に帰りたい？」

まっすぐな問いかけに、私は首を振る。

「もう何も残ってないもの」

「でも見てみたくない？　懐かしくない？」

「懐かしいけどね」

あれからもう六十年が経ったんだという感じもするし、まだ六十年しか経ってないんだという感じもする。もし一生が砂時計の形で見えるなら、上に残った砂の量は私を焦らせるだろうか。

私が島を出た後も、島民の数は減り続けた。やがて全島民が覚悟を決め、先祖の遺骨を抱えて発った。

——この子は島を知らない。

若い頃、息子を育てている最中は、水平線を見せたいと思うことがあった。何も遮るもののない景色に立ち、塩の混じったあの風を浴びたい。

でもそれは育児に疲れて思い描いた夢だった。辺鄙な無人島にわざわざ行かなくても、訪れるべき場所はたくさんある。心を癒してくれる美しい景観や、価値のある建物。

今世紀に入り、テレビ局の人たちが島に上陸した。ヤギが大繁殖して騒ぎになったのだ。テレビカメラがとらえた故郷は変わり果てていた。

「あ、おじいちゃんの、ちょっと貸して」

史奈ちゃんはタブレット端末を操作し、何やら調べては手元に書き写し始めた。

その髪のつや、肌の張りがまぶしい。

それに引き換え、骨ばった手、よく見えなくなってきた目、きしむ膝。年月は止まってくれない。父を送り、母を送り、多くの知人が鬼籍に入った。島の営みを知る者はいずれ誰もいなくなる。


翌朝、テーブルにレポート用紙の束が置いてあった。

『旅のしおり（八丈小島）二泊三日』

史奈ちゃんの字だ。学校に提出する課題のようだけれど、島の名前が書いてあるのが気になる。勝手に見てしまっていいのかしらと迷いながら、めくると、手書きの拙い地図と島の地理データ、「八丈小島は無人島です」という文言が続く。

次のページには旅程。本土から八丈島への移動。羽田《はねだ》空港からの『空路』と、竹芝桟橋《たけしばさんばし》を出発する『海路』。八丈島を拠点とし、八丈小島へはチャーター船を使う。激しい海流を越えて西へおよそ七キロ。半日滞在した後、同じルートで帰ってくる。

インターネットで調べた事柄が並んだ後、私が話して聞かせた島の暮らしについて書かれていた。意外にしっかり聞いていたようだ。

最後にまとめの文章があった。

『祖母の話を聞いたとき、数十年前の生活について自分が何も知らないことに気づきました。そして、この旅を計画しようと考えました。祖母の故郷を訪ねる旅です。

実際に島に上陸したとき、自分が何を感じるのか、今はまだわかりません。

私は引越経験もないし、二度と戻らないという決断をしたこともありません。

ただどこか別の場所、知らない場所へ行きたいと、漠然と思っているだけなのです。恵まれた環境なんて言われれば言われるほど苦しくなって、逃げ出したくなります。片道切符の旅に出た祖母の話を、もっと聞きたいです』

孫娘を「考えの浅い、わがままな子」と軽く見ていた私は後ろめたくなった。やましさをごまかすように家事を片づける。洗濯物を広げて干し、朝ご飯の支度に取りかかる。

海に囲まれていたあの日々。吹きつける潮風のせいで、栽培できる作物は限られていた。地面に掘った穴が、冬の間の野菜貯蔵庫だった。

蓋をしてきた過去。私の人生の最初の十五年間。

知りたいと史奈ちゃんが望むなら、隠さずに伝えなくては。

島に咲き、朽ちた花を思い浮かべる。贅沢品などほとんど手にしないまま、堅実に生きた人たち。子どもたちの未来の幸せを願って死んでいった親たち。誰か一人でも欠けていたら、私はいない。私がいたから、史奈ちゃんは生まれた。史奈ちゃんと私はつながっている。命は受け継がれてゆく。

彼女もいずれ大人になる。仕事に就き、恋をし、わくわくする日があるだろう。もしかすると育った土地を離れ、より複雑になった世界で大きな挫折を味わうかもしれない。

そして年を取る。本人はまだそんなこと考えもしないだろうけれど、誰もがいつかは向こう岸へ渡る。

ほんの少しでも、史奈ちゃんが年を取るのも悪くないと思ってくれるように、私は元気でいよう。

故郷を訪ね、砂時計の底に溜まった記憶を掘り起こして、また帰ってくる。きっと悪くない旅になる。まだまだ足は動くし、耳も聞こえる。

史奈ちゃんが洗面所を使う音がした。ちょうど、朝ご飯もでき上がった。

おばあちゃんもう起きてるの、と驚かれるより前に、お寝坊さんおはようと声をかけるつもりだ。

二人の起点

朝比奈歩

「あ、久しぶり」

ざあざあと、激しい雨がビニール傘を打ちつける。ノイズが混じったような声に、ずっとうつむいて歩いてきた私は顔を上げた。

誰もいないと思った早朝のバス停。屋根付きのベンチに腰かけた彼女が、にこりと笑う。面影が重なり、赤いランドセルの少女の記憶が引っぱりだされた。

「おはよう、エミリちゃん」

「もしかして……カナちゃん？」

こくん、と目を細めて彼女が頷く。わけもなく気まずくなった。

家からここまで重いトランクを引っぱってきた手とパーカーの袖はぐっしょりと濡れ、じめっと肌にはりついている。握りしめた取っ手は重く硬い。

なにもかも幸先の悪い旅立ちだった。

「おはよー！　ごめーん、遅れた！」

待ち合わせのバス停前で待っていると、カナちゃんが駆けてきた。しかめそうになる顔に笑みを浮かべる。

「いいよ、別に」

「ありがと。じゃあ、いこっか。遅れちゃう」

誰のせいだという言葉をのみ込んだ私の手を、カナちゃんは当たり前のように握る。こっちが嫌がるとか、気を遣って「いいよ」って言ったとか、考えもしないのだろう。

遅れてきたのに、先導するように手を引いて先を急ぐ背中をそっとにらむ。

私はカナちゃんが苦手だ。

出会ったのは小学校に入学する少し前。母の再婚で引っ越し、義父とその家族と住まうことになった新居の近くに、カナちゃん一家がたまたま住んでいた。母親同士がすぐに仲良くなり、よく遊ぶようになった。正確には、遊ぶよう仕向けられたのだ。

彼女は私とは真逆な性格だった。明るくて運動神経がよくて友達が多くて、一人で絵を描いたり読書をしたりするのが好きな私とは気が合わない。なのになぜか、彼女は私と遊びたがった。

生まれ育った土地を離れ、保育園からの友達とも別れた私には、まだ彼女以外に友達も知り合いもいない。誘われると拒絶できなかった。

カナちゃんは乗り気でない私の手を引っぱって外へ連れ出し、彼女の友達も加わって鬼ごっこやドロケイをする。運動が嫌いで人見知りな私には、外遊びは苦痛な時間でしかない。「遊ぼう」と誘いにこられるのも憂鬱だったが、この頃、家に居場所のなかった私は、彼女についていくしかなかった。楽しくない遊びでも、家で血の繋がらない義祖母の嫌みを聞くよりマシだったからだ。

母が再婚する前、義祖母は親切で人当りのよい人だった。それが一緒に暮らすようになったら神経質で意地悪な人に豹変し、気の強い母とよく言い争うようになった。頼りがいがあるように見えた義父は、二人を注意するどころか逃げだした。そのうち義祖母は、私の言動すべてに難癖をつけ、母の育て方が悪いせいだと言うようになった。母も娘のことを言われると弱いらしく、「文句を言われないよう、ちゃんとしなさい」とイライラをぶつけられた。

私は新しい家族の中で萎縮した。指先ひとつ動かすのにも、なにか言われるのではないかとビクビクし、あっという間に人の顔色をうかがうような子になっていた。

反対に、人の言葉をそのまま受け取り、裏の気持ちなんて考えていないカナちゃんが羨ましくて、まぶしくて、憎らしかった。

遊びの誘いと同じで、朝の待ち合わせもカナちゃんから言い出した。

きっと親から仲良くするよう言われたのだろう。本当はどんくさい私の相手なんてしたくないだろうに。世話してやっていると得意になっているのかもしれない。可哀想な子だと下に見ているから、平気で毎日私を待たせるのだ。

義祖母の悪意にさらされ続けていた私は、人の好意やちょっとした失敗から、ひねくれた解釈をする癖がついていた。だからどんなにカナちゃんから優しくされても、なにひとつ気持ちを受けとれない、寂しい子供だった。

そんな関係は、私が高校を卒業するまで続いた。中学までは同じ学校で、やっぱり毎朝このバス停の前で待ち合わせして登校した。高校は違ったが、だいたい同じ時間のバスに乗るので、毎日のように顔を合わせていた。

いつしか私は、ぎすぎすする家族と分かり合うことをあきらめて、事務的に日常を送る術《すべ》を身につけた。人の好意や優しさを儀礼的に受け取る外面も手に入れ、人の言動からありもしない悪意を読み取る癖をなんとか矯正できていた。

それでもやっぱり、私はカナちゃんが苦手だった。


「そっか、結婚で引っ越しするのか。おめでとう」

隣に座るカナちゃんがはにかむ。

転勤が決まった彼氏と結婚することになり、新居へ向かうため、これから空港へ行くそうだ。新居は夫の実家が近いという。

荷物を先に送った彼女の手には小さなハンドバッグだけ。対する私は、大きなトランク。実家から持ち出した、私の荷物すべてだ。

「エミリちゃんは旅行？」

「ううん。一人暮らし始めるんだ」

「へえ、いいね。そういえば、イラストレーターになったんだってね」

母親同士はまだ仲が良いので、そういう話はお互いに筒抜けだ。何年も交流がなかったのに、私もカナちゃんの結婚を知っていた。

「すごいなぁ、夢叶えたんだね〜。羨ましいな」

微かに歪んだ声の調子。私を見る目の奥には、じりっと焼けるような色が混ざっている。その感情を取り繕うような笑みで、付け足すように「おめでとう」と言われても、胸に黒い靄が広がっただけ。素直に喜べるほど鈍感ではない。

「どうしたの？」

鼻で笑った私に、カナちゃんの顔がこわばる。

「結婚できるカナちゃんのが羨ましい。私は夢を叶えたんじゃなくて、家を出たくて必死だっただけ。私には絵しかなかったから、頑張るしかなかったの」

純粋に絵を描くのが好きだったのは子供の頃。どこかのコンクールにだすと割と簡単に賞がとれ、母が喜んだからたくさん描いて、たくさん賞をもらった。母が再婚してからは、口に出して言えないことを絵の中に描くようになった。誰にもわからない、誰も読み解くことのできない私の叫び。鬱屈した気持ちを発散する手段で、もう絵を描くことなんて好きではなかった。

こんな絵を描かないですむ世界にいきたかった。なのに、私の汚い感情を塗りつぶすようにして描いた上辺だけが綺麗な絵は、コンクールで大賞を受賞した。母は得意になって「これでお義母さんの鼻を明かせる」と言った。昔みたいに笑ってはくれなかった。

私を貶めたい義祖母は悔しそうだったが、しばらくするとコンクールでもらった盾をこれ見よがしに玄関に飾り、やってきた知り合いにさも実の孫が受賞したかのように自慢した。「遺伝かしらって言うと、みんな私に才能があるのねって勘違いするのよ。楽しいわ」と義祖母はいやらしく笑った。

汚らしい絵は、汚い称賛しか引き寄せないらしい。

私の手元に残ったのは賞金だけだった。たった数万円だが、バイトができない小学生が手にするには大金だ。

その後も私は絵を描き続けた。受賞すると少しだけ私への風当たりが弱くなるので必死だった。理不尽に怒られたり、嫌みを言われる時間を減らしたかった。

本当は、愛されたかっただけだった。

どうやれば受賞できるか、過去作品を漁ったり、審査員の履歴を調べたりした。なにが好まれて受賞できるかリサーチして絵を描いた。好きなものを好きなように描くことは、もうしなかった。できなくなっていた。

私は誰かの意に添うような絵しか描けない。

これぐらい描けば大賞、こう描いたら奨励賞ぐらい。絵を描き分けることもお手の物で、今思うとまるで受験勉強みたいだった。

『本当はこんな、人に媚びたような商業的な絵に賞はやりたくなかった』

そう言ったのはどのコンクールのどの審査員だったか。思い出せないが、そのとき私の胸に広がったのは、ショックや悔しさではなくほの暗い喜びだった。

そうか、私の絵はお金になるということか。

使わず貯めた賞金は、そこそこの額になっていた。でもまだ足りない。ここから逃げるにはもっと必要だ。

高校生になった私は、より確実にお金になるほうへ舵を切ることにした。芸術ではなく商業へ。やることはコンクールで受賞するのと同じで、入念な情報収集と選考する人間の好みに添うことだ。

絵柄を変え、ネット投稿を駆使してファンを作り、流行《はや》りの傾向を取り入れ、出版社のコンクールや持ち込みを何度かしてコツを掴んだあとは、驚くほど簡単に仕事へ繋がった。

大学に通いながら仕事をした。仕事相手の理不尽や、ネットでいわれない叩きにもあったが、この人たちと寝食を共にするわけではない。家族よりマシだと思うと、大して気にも病まなかった。

そもそも好きなことをしているわけでもなく、自立するお金を得るために、得意なことをしているだけなのでスランプもない。依頼人さえいれば、私はその希望に添うだけで絵が描ける。

「夢だなんて……私のは、そんなキラキラしたものじゃない。人に媚びた絵だから仕事になるだけ。好きな人に愛されて結婚できるほうがすごいよ。家を出たって、なんかあったら帰れる場所のあるカナちゃんのが、私は何倍も羨ましい」

私は母の再婚で、安心して暮らせる家をなくした。今度は、安心して暮らせる一人の城を手に入れたけれど、お金がなくても住んでいられる場所はなくなった。最後だからと、思いつく限りの悪態と暴言を吐いて家を出てきた。あの家で、あの家族と暮らすことはもうないだろう。

今までみたいに、定期的に仕事がくるだろうか。病気にならないでいられるだろうか。きちんと税金を払い続けられるだろうか。なけなしの貯金が底をついたらどうなるのだろうか。

ずっと逃げたくて、やっと逃げだせた。なのに不安しかない。私の旅立ちには、怖いことしか並んでいない。祝福される結婚という旅立ちをするカナちゃんに、羨まれるのは腹立たしかった。

「いいよね。逃げ場所がある人は」

嫉妬にまみれた醜い言葉がこぼれる。うちの事情をそこそこ知っているカナちゃんが、いたたまれないといった表情でうつむいた。

「そんな、こと……ないよ。逃げ帰るのだって勇気がいるんだよ」

雨音に押しつぶされたような、ひしゃげた泣き声に隣を見る。膝に置いたハンドバッグを握るカナちゃんの手の甲に、水滴が落ちた。

「どうなるのかわからなくて怖いの。知らない土地で再就職しなきゃなんないし、私はエミリちゃんみたいな、自分にしかできない仕事は持ってない。友達だっていない場所で、夫の家族とうまくやれるかもわからない」

少しだけヒステリックに高くなる声。いつもキラキラしてて、怖いもの知らずなカナちゃんはそこにはいなかった。

新しい場所に萎縮して怯《おび》えてばかりいた幼い私と同じだった。

「義母さん、性格がきつい感じの人で、私あんまり好かれてないみたいなんだ。彼に相談しても大丈夫しか言わなくて。彼のことは好きだから別れたくないけど、やっぱ不安で。幸せになるはずなのに逃げたくって……でも、逃げるのも怖いの」

言いたいことを言い切ったらしいカナちゃんが、涙をぬぐって顔を上げた。

「ごめんね。エミリちゃんのが不安なのに、こんな弱音吐いちゃ駄目だよね」

刺々しかった気配がすっと消えて、カナちゃんがふんわりと笑う。

「それからさ、エミリちゃんなら大丈夫だよ。人に媚びた絵って、誰かの気持ちを掴めるほど魅力的ってことでしょ。しかも仕事になるほど人を惹きつけてる」

ひどいことを言った私を励まそうとするカナちゃんに、イラっとする。なのに、それ以上に胸がきしんで苦しい。

「私、難しいことはわかんないけど、エミリちゃんの描いた絵が好きだよ。エミリちゃんみたいなんだもん」

心臓が跳ね、視界がぐにゃりと歪む。喉をせり上がってきた涙と記憶に頬が濡れた。

「ごめん……どっちの不安のほうが大きいとか小さいとか、比べることじゃないのに、私、ひどいこと言った」

友達のいない土地。言い争う家族。笑ってくれなくなった母と、嘲る義祖母。助けてと手を伸ばしても、無視をする義父。

あの中で、私に優しかったのはカナちゃんだけだった。

知り合いのいない小学校で、自分の友達を引き合わせてくれて、意地悪な子が誰か、そっと耳打ちしてくれた。私が人の輪から外れないように気を配り、危ないほうへ行きそうになると、そっちじゃないよって手を引っぱってくれた。

初めて私の絵を見たカナちゃんは、「エミリちゃんが描いたから好き」と言った。絵を褒めてもいない賛辞に、「馬鹿にしてんの？」と不貞腐れて言い返したけれど、本当は泣きそうになるほど嬉しかった。

汚い絵を描いても、私が私であるだけでカナちゃんは受け入れてくれる。媚びなくても、顔色をうかがわなくても、私を好きだと言ってくれた。

あのときと同じように、私をまだ好きだとカナちゃんは言う。

汚い絵ばかり描いて、お金を求めて、自分がなにを好きだったかもわからなくなった私を見てほしくなくて、疎遠にしたというのに。

「ごめんね、私いつもカナちゃんに甘えてた。今も、不安をぶつけて慰めてもらおうとしてた」

ううん、とカナちゃんが首を振った。

「私も同じで甘えたの。エミリちゃんなら、この不安がわかるだろうからって」

結婚してなくても他人と暮らすのは先輩でしょ、と言い彼女は屈託なく笑った。

「そうだね。嫌みを言われたときの切り返し方ならたくさん知ってるよ」

困ったら連絡してね、と私も笑って返せた。

嫌なことばかりの実家だったけれど、学んだことも多い。苦なく仕事ができるのは、あの生活があったから。そして、彼女のこれからに役立つのなら、悪くなかったのかもしれない。

ふっと雨脚が弱くなり、バスがやってきた。私はカナちゃんの手をとって立ち上がる。あの頃の彼女みたいに、今度は私が引っぱった。

「一緒に行こう」

不思議と不安は晴れていた。カナちゃんも笑顔だ。

大丈夫。この旅は楽しいものになる。

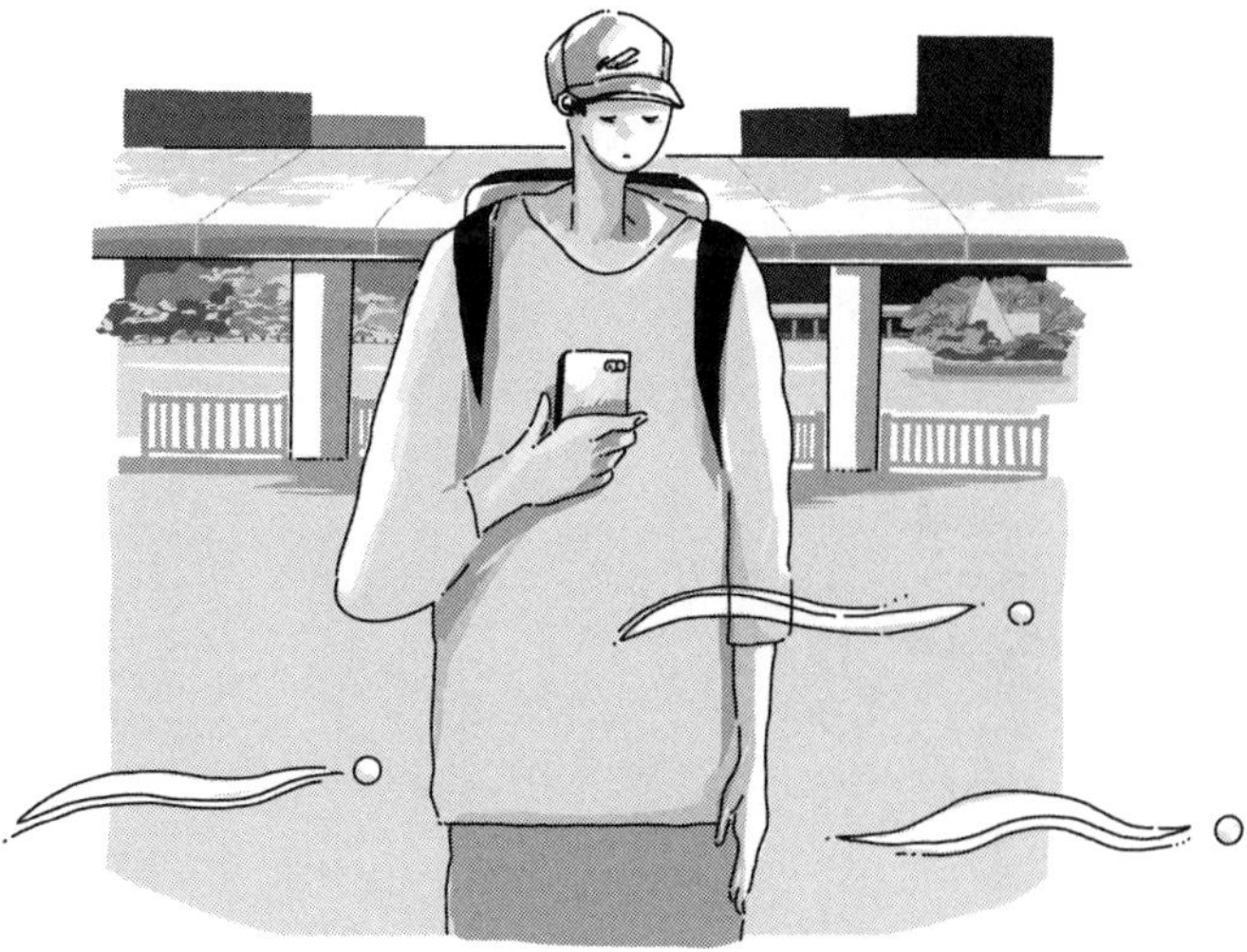

いつか行く場所へ

一色美雨季

壁に貼られたポスターには、地物鮮魚を使った豪華な会席料理が写っていた。その会席料理を見つめながら、武敏《たけとし》は高速バスターミナルに設置されたベンチに座る。

午後七時。地方の高速バスターミナルは、建物の古さのせいもあってか仄《ほの》かに薄暗く、驚くほど待合が狭い。都会の感覚ではありえないが、バスの運行数を鑑みれば、きっとこれでいいのだろう。

ポケットからスマホを取り出し、画面を表示する。そこになにかを受信したというメッセージはない。まるで、この状態が当たり前であるかのように。

隣のベンチから、学生らしき集団の談笑が聞こえる。

武敏は小さく溜め息をつき、スマホをポケットに仕舞う。予定外のひとり旅は、楽しさより寂しさを募らせる。本当なら恋人の美菜《みな》と一緒に来るはずだったのだが、美菜の祖母の急死により、それも叶わなくなってしまったからだ。

もちろん武敏も、この旅行をキャンセルし、美菜の実家の葬儀に参列する気でいた。ところが、それを否と言ったのが、美菜の父親だった。

「君と娘が交際しているのは聞いている。だが、今回は遠慮してほしい」

初めて電話で話す美菜の父親は、淡々と、至極冷静に武敏に言った。

「娘の恋人に初めて会うのにそれが身内の葬儀の場というのは、常識的に考えてどうかと思う。それに、葬儀には親類も大勢やってくる。聞いたところによると、君たちはまだ付き合って三ヶ月だというじゃないか。ふたりとも社会人一年目で歳も若い。これから先どうなるか分からないというのに、今すぐ君を親戚に会わせるのは……」

思わず武敏は押し黙った。美菜の父親の言葉は、まるでふたりが別れることを前提にしているかのように聞こえた。

そんなことはない、と武敏は言いたかった。だが、そうできなかったのは、自分に自信がなかったからだ。

まだ三ヶ月。武敏が美菜のことをすべて知っている訳ではないように、美菜も武敏のことをすべて知っている訳ではない。これから時間を重ねるに従い、お互いに別の未来を進むべきと考える可能性だって、まったくないとは言い切れない。

結局、武敏は、美菜の父親の言葉を否定することができなかった。

そして翌朝、ふたりは駅で別れた。美菜は実家へ帰る電車に乗るために。武敏は旅先へ向かう高速バスに乗るために。

武敏も旅行をキャンセルし、自宅で美菜の帰りを待つべきだったのかもしれない。けれどそうしなかったのは、これがふたりで行く初めての旅行であり、それをキャンセルするという行為が、今後のふたりの未来を暗示してしまうような気がしたからだ。

とはいえ、ひとりきりの旅行はある種の苦痛を伴った。その苦痛ももう少しで終わると安堵しながら、武敏は何気なしに、ベンチ傍のラックに置かれていた海外旅行のパンフレットを手に取った。

【誘惑のモロッコ】

そう題されたパンフレットには、八日間でサハラ砂漠で朝日を見たり、シャウエンの町を堪能するツアー内容が書かれていた。特にシャウエン散策は女性に人気で、建物から街道まで青く染め上げられた町並みは、まるで御伽《おとぎ》の国の青い迷宮を旅しているかのような気分にさせられるのだそうだ。

ふと武敏は、美菜と一緒に旅番組を観ていた時のことを思い出した。あの時、美菜は「どうせ海外旅行に行くなら、誰もが知ってる大都会より、多少不便でも見たこともない幻想的な場所に行ってみたい」と言っていた。

――このシャウエンって、美菜が好きそうな町だな……。

武敏がそんなことを考えた、その時。

「モロッコに行くんですか？」

不意に、誰かに声を掛けられた。

驚いて右隣を見ると、そこには見知らぬ少年が座っていた。

「え、あ、いや、そんな予定はないけど……」

「じゃあ、そのパンフレット見せてもらっていいですか？　モロッコのは、それが最後の一枚みたいだから」

ああどうぞ、と武敏は少年にパンフレットを譲った。

熱心にパンフレットを読む少年は、中学生か、あるいは小学校高学年くらいに思われた。武敏は周囲を見回したが、ふたりの他には学生らしき集団がいるだけで、保護者と見られる人物は見当たらない。

「ひとり？」

武敏が聞くと、少年はパンフレットに目を落としたまま「はい」と答えた。

「君、何歳？」

「十二歳。小学六年生」

少年の傍らには、パンパンに中身が詰まったリュックサックがひとつ。どう見ても学校や塾の帰り路には見えない。

「もしかして……家出中？」

おそるおそる武敏が聞くと、少年は弾かれたように武敏を見上げ、「違います！」と声を上げた。

「僕、今から高速バスで家に帰るんです！」

曰く、少年は田舎の祖母の葬儀を終えたばかり。両親は初七日まで祖母の家に留まるというので、少年はひとりで自宅に帰る途中なのだという。

「じゃあ、しばらくの間、君はひとり暮らしするのか。大丈夫？」

「大丈夫です。それに、明後日《あさって》から京都に修学旅行に行くんです。だから、ずっとひとりっていう訳じゃないし」

「え、修学旅行って……。それこそ大丈夫？　旅行の準備とか、お母さんがいないとできないだろう」

「そのくらい僕だってできますよ。小さな子供じゃないし」

武敏からすれば、どう見ても小さな子供だ。しかし、少年があまりにも自信満々に胸を張るので、武敏はあえて口にするのをやめた。

それにしても、祖母が亡くなったばかりでは、修学旅行の楽しみも半減してしまうのではないだろうか。武敏がぼんやりそんなことを考えていると、少年はそれを察したのか、「僕、今から旅行に慣れておかなきゃいけないんです」とつぶやいた。

「じいちゃんとばあちゃんの代わりに、いっぱい外国旅行をしようと思っているから」

「代わりに？」

「はい。僕のじいちゃんとばあちゃん、すごく旅行が好きだったんです。でも、若い時は、家族とか仕事のことを最優先にして、旅行に行くのを我慢してたって」

そんな夫婦が旅三昧《ざんまい》を始めたのは、少年の祖父が定年退職を迎えた時。既に子供達も独立し、時間に縛られることなく自由に過ごせるようになった。ふたりは計画を立て、まずは自家用車で行けるところまで行ってみることにした。

当時はまだ六十代。二泊や三泊程度なら車中泊も問題なかった。有名観光スポットを巡って、地元の人しか知らないような穴場にも足を踏み入れた。石段も山歩きもへっちゃらだった。

七十代になると、さすがにドライブ旅行はやめた方がいいと考えた。その代わり、新幹線や飛行機などの高速移動手段を楽しんだ。フェリーに乗って離島にも行き、自分達の知らない日本を楽しんだ。

気が付けば、ふたりは四十七都道府県、すべて制覇していた。

「それで、じいちゃんとばあちゃんは、今度は海外旅行に行くことにしたんです。たぶん、これが最後の旅になるだろうから、絶対に思い残すことのないようにって」

老夫婦にとって、それは初めての海外旅行だったという。

これまでの国内旅行と違い、海外旅行は勝手が違った。ふたりは旅行代理店のツアーに申し込み、旅立ちに備えて準備を始めた。

パスポートを取得し、ガイドブックや外国語の会話集を買った。海外旅行の経験がある子供達に、細かな持ち物の確認もしてもらった。

そして、ふたりで海外旅行保険の申込書に記入をしている時に——思いもかけない悲劇が起きた。

あれだけ元気だった祖父が、突然病に倒れてしまったのだ。

「じいちゃん、寝たきりになりました。もう上手にしゃべれないのに、旅行に行けなくなったことを、ずっとばあちゃんに謝り続けて……。じいちゃんは、それから半年後に亡くなったんですけど、ばあちゃん、すっかり元気をなくしちゃったんです」

それでも祖母は、子供や孫の顔を見れば、以前と変わらぬ笑顔を見せた。そして口癖のように、「おばあちゃんは、おじいちゃんと一緒に日本中を旅したの。行ったことないのは『外国』と『天国』だけ」と笑いながら言った。

「それで君は、おじいさんとおばあさんが叶えられなかった夢を、代わりに果たしてあげようとしてるのか」

「はい」

「そうか、えらいね。ふたりが行ったことのないのは、もう『外国』だけなんだもんね」

「あ、でも、ばあちゃんの魂は四十九日までこっちにいるから、じいちゃんのいる『天国』に行くのは少し先だって、和尚《おしょう》さんが言ってました」

真顔で答える少年に、思わず武敏は噴き出した。

それにしても、なんと微笑ましい老夫婦なのだろうか。長い時間を共に過ごすことは、こんなにも尊く感じられるものなのか。

「……君は、モロッコに行きたいと思ってるの？」

「行ってみたいです。サハラ砂漠も見てみたいけど、この青い町、ばあちゃんが好きそうだから」

「うん、女の人が好きそうな町だよね、シャウエンって」

武敏の脳裏に、美菜の顔が過《よぎ》る。きっと美菜も、この美しい町に行きたいと言うだろう。

もちろん、武敏も行ってみたい。この青い景色の中で、楽しそうに笑う美菜の顔が見てみたい。

ふと武敏は、壁の電光掲示板に目を向けた。

高速バスが到着するまで、まだ三十分以上ある。

「ねえ、ジュース飲む？　おばあさんの思い出話を聞かせてもらったお礼に、御馳走するよ」

「んー……でも、旅先で出会ったばかりの人に簡単に気を許しちゃいけないって、本に書いてあったから」

「なるほど、既に旅のトラブル回避法を勉強済みか。まあ、外国の詐欺師とか怖いしね。それじゃあ、こちらの身分証明書として、君にこれを預けておこう」

そう言うと、武敏は財布に入れていた名刺を少年に渡した。ようやく安心した少年は「コーラがいいです」と武敏に言った。

武敏は立ち上がり、二台しかない自動販売機に向かった。

先程まで賑やかだった学生らしき集団は、各々がベンチに座り、SNSでも書き込んでいるのか無言でぽちぽちとスマホを弄《いじ》っている。

武敏はコインを取り出そうとした。——と、その時、ブンブンと羽音のようにスマホの着信バイブが反応した。

美菜からだった。

「もしもし？」

慌てて電話に出ると、美菜は「ごめんね、今、大丈夫？」と武敏に言った。

「うん、大丈夫。今、バスターミナルにいるよ」

「そうなの。……あの……ごめんね」

小さな声で、美菜は言った。

「なにが？」

「旅行。急に行けなくなっちゃって。それと……うちのお父さんのこと……」

「ああ……うん、そんなの気にしなくていいよ」

そう、美菜は悪くない。むしろ未来に自信の持てなかった自分が悪い。

武敏は自嘲する。冷静に考えれば分かったことだ。未来も大切だが、それ以上に大切なのは今だ。今現在の自分の気持ちだ。あの時、どうして美菜の父にそれが言えなかったのか。

自分は、本気で美菜が好きなのだと。

「おばあさんの葬式、大変だった？」

「うん。ずっと親戚の相手してて……なんだか疲れちゃった」

「そっか。……あのさ、落ち着いたら、ふたりで旅行に行こうよ。どこか遠いところに、奇麗な景色を見にさ」

「うん」

「でもさ、その前に、俺、正式に挨拶に行きたいな。美菜のお父さんとお母さんに」

え、と美菜は言葉を詰まらせた。慌てて武敏は「ごめん、こんな時に言うことじゃなかったな」と言う。

「あ、いいの。そうじゃなくて、ええと、それって」

「うん、まあ、そういう意味。俺、今回の旅行で思ったんだ。これからもずっと美菜と一緒にいたいって。それで、そう思うのに、付き合いが長いとか短いとか、そういうのは関係ないなって」

たった三ヶ月ではなかった。三ヶ月も付き合ったからこそ、武敏は美菜の笑顔をもっと見たいと思ったのだ。

「帰ったら、改めてプロポーズさせて」

うん、と涙声で返事をする美菜の声が、温かく胸に響いた。

この三ヶ月の付き合いは、ふたりにとっての始まりに過ぎない。

あの少年の祖父母のように、これからも――それこそ天国に行くまでの長い時間を、ずっとふたりで過ごしていきたい。
自動販売機にコインを投入しながら、武敏はそう思った。

鳥の夢

霜月りつ

その日、鳥は目覚めました。

鳥は自分のすべきことを知っていました。

空へ飛び立つのです。

鳥にはそのための、大きくはありませんが強い翼がありました。

鳥はこの日のために準備をしていました。自分の仲間たちがそうであったように、鳥には使命がありました。

鳥は自分の巣の中で顔を上げ、体を起こし、白い翼を広げてみました。

ゆっくりと振りました。

初めて動かす翼ですが、どこにもひっかかったり軋んだりすることは、ありませんでした。

巣の入り口が開きました。

硬く薄い扉は上下に静かに分かれていきます。

そこから光が射しこみました。

鳥が初めて知覚する、外の光です。


鳥は巣の外を注意深く観察しました。

外は灰色でした。

灰色の空と灰色の地面です。

ふたつの灰色が交わり、世界は灰色だけでした。

しかしその灰色は、今まで鳥がいた巣とは比べ物にならないほど、広く大きく、果てのないものでした。


鳥は巣から体を乗り出し、白い翼を広げました。

それだけでたちまち鳥は空に飛び上がりました。

灰色の地面の上を動くものはありません。
ぽつんと鳥の黒い影だけが地面を移動しています。
外の空気はとても冷たく、まるで氷の中を飛んでいるようです。
音もしませんでした。
ただ、鳥の翼が風を切る音だけがしています。

灰色の地面の上に細い線があります。
あれは昔の川の跡です。
すっかり干上がり、ただの筋になっていました。
鳥はその上を飛びました。

するとその線の上にたちまち青い水が流れました。

魚の影がいくつも泳ぎ、白い三角の帆を張った船が現れました。

岸には子供たちがあげる水しぶきや、洗濯をする女の人たちの姿も見えました。

網をもってたくさんの魚を獲る人の姿もありました。

水の中に入って祈りをささげる人もいました。

飛び続けていると、様子が変わってきました。

川岸にはたくさんの黒い建物がにょきにょきと建ち並び、そこから泡立つ毒々しい色の水が流れ込んでいきます。

プラスチックの箱や袋や動物や人の死体も流れていました。

鳥は川をそれました。するとたちまち川は砂の中に消えてゆきました。

今のは川が思い出した昔の記憶です。

鳥の行く手に灰色の山がありました。

四角い瓦礫が幾重にも連なっています。瓦礫には四角い穴がたくさん空いていました。

鳥はその山の上を飛びました。

すると崩れた山はぐんぐんと伸び上がり、ピカピカとしたガラスをはめた建物になりました。

建物の中には大勢の人間がいて働いています。話をしたり、笑ったり、いさかいもあるようでした。

建物の下の黒いアスファルトの上にはたくさんの小さな虫――いいえ、自動車が走っていました。

動物はあまりいません。

人々が、ほんとうに大勢の人々だけが流れるようにうごめいていました。

鳥は山をそれました。

するとビルの街の姿は溶けるように消えてしまいました。


今のは瓦礫の山が思い出した昔の記憶です。


鳥の行く手に少し色の違う灰色の大地が見えてきました。

大きく広い大地です。ひどくでこぼこしていました。

鳥はその大地の上を飛びました。

すると遥か向こうから青い青い波が寄せてきました。

波の中には大きな魚、小さな魚、からみあう藻や貝や蟹や海月《くらげ》や、そのほかのたくさんの生き物の姿が見えました。

波は大地にぶつかり、白いしぶきをあげました。

しぶきの中にも多くの生き物たちがいました。

高く足をあげる馬や、立派なたてがみを持つライオンや、嬉しそうに吠える犬やしなやかに手足を伸ばす猫、そして人の顔も見えました。

最後に大きなくじらの群れが波の向こうからやってきました。

くじらは甲高い声で海の歌を鳥に歌いました。


鳥は海を越えました。するとたちまち空の中に消えてしまいました。

今のは海が思い出した昔の記憶です。


鳥は海の向こうの小さな丘へ向かいました。

その丘はなぜか白く白く輝いていました。雪でしょうか?

いいえ、違います。

それは鳥の白い羽根。無数の羽毛でした。

鳥はその白い丘の上に降り立ちました。そしてくちばしの中から小さな種を吐き出しました。

種が地面に落ちると、鳥はその上に自分の翼を広げて大気の寒さから守りました。

鳥のすぐそばに少し前に飛び立った仲間が同じように倒れていました。

仲間の体の下には小さな緑の芽がありました。以前、彼が運んできた種でしょう。鳥の体で温められ、芽を出したのです。

その向こうにも、またこちらにも、たくさんの鳥が、仲間たちが、倒れていました。

ちらばった羽根は仲間たちのものでした。たくさんの鳥の体がその丘を白く埋め尽くしていたのでした。

ほかの仲間たちの体の下にもたくさんの芽がありました。

もう少し離れた丘には鳥の体を栄養にして、もっと大きくなった芽もあります。

もっと離れた丘にはずいぶん成長して葉を広げた木々もありました。

灰色の地面の終点には大きな緑の森があったのです。


鳥は遥か向こうにけぶる緑の森を見ました。

その緑の森の上に楽しくさえずりながら飛び回る鳥の群れを、四つ足の動物たちを、そして笑いあう人間の姿を見ました。

それは過去の記憶ではありません。

これから訪れる未来の希望だと鳥は知っていました。

これからもたくさんの鳥がこの丘を目指し種を運びます。

一度滅んだ星にもう一度命を運ぶために。

滅んでしまった人間たちが、最後に作った鳥たちの、それが夢なのでした。
鳥は未来の夢を見るために、その輝く金属の瞳をそっと閉じました。

はじまりの日

杉背よい

足を入れると、ざくりと音がして砂が沈んだ。

僕は海水浴客で賑わっている昼間の海をホテルの部屋から眺め、日が沈んだ頃に散歩に出てきた。夜の海は、そこここでまだ遊び足りない様子の若者たちの笑い声が聞こえるものの、昼間に比べればずっと静かだった。深呼吸をして、海の香りを吸い込む。海辺の町に旅行に来たのも久しぶりだった。

僕はここと違う海の近くで生まれ育った。その土地には漁港があり、訪れる観光客は海水浴ではなく、釣りや海の幸を食べることを目的としていた。

「海って言っても、いろんな海があるんだよね」

姉は子供の頃、持っていた本の中でいちばん『世界の地図・くらし』という本が気に入っていた。子供用のガイドブックみたいな本で、様々な国の風景の写真と共に、そこに暮らす人々の生活がわかるような内容だった。

「何だか華やかだよね。うちの近くの海と全然違う」

そう言い合いながら、ハワイやニューカレドニアの写真を眺めた。熱心に本のページに見入る僕と姉の隣の部屋では、母と父が喧嘩をする声が聞こえてきた。この声が聞こえるといつも、僕と姉は反射的に体を強張らせた。

「いつかさあ」と姉が声を大きくして言った。僕は両親の怒鳴り声が聞きたくなかったから、姉が気を遣ってくれているのだとわかっていた。

「こういう海が見られるといいね」

僕が頷くと姉は笑った。そのときの姉は弟である僕よりも無邪気であどけなく見えた。

それから間もなく僕らの両親は離婚した。姉を母が、僕を父が引き取ることになった。父は仕事で夜遅くまで家に帰らず、一人でいる間は何をしてもおとがめなしだった。僕はある日テレビで見た海の風景に興味を持ち、夏休みだったので一人で出かけた。小学校高学年だったが、もう一人で出歩いても問題ない年齢だと思っていた。僕にしてみればちょっとした外出のつもりが、県をまたいでいたし「家出」だと思った父が母に連絡し、僕の周囲は結構な騒ぎになっていたらしい。僕は勝手に「大人に近い」と思っていた。いや、早く大人になりたかった。両親たちの騒ぎを知らない僕は、「海の家」が建っている浜辺に興奮し、帰りの電車賃を残して、少ないお小遣いでかき氷を買った。

注文するときに「メロン」と言いかけて、僕はイチゴ味を頼んだ。イチゴ味は姉の好物で、何故かその日はイチゴ味が食べたい気分だった。知らない場所に一人で、心細かったのかもしれない。海の家のおばさんは「本当にイチゴでいいの？」と念を押した後、付け足しのように「一人？」と尋ねた。僕が「はい」と答えると、おばさんは「そう」と頷いた。一人でイチゴ味のかき氷を食べていると、姉を思い出して涙が出てきた。涙がこぼれる前に食べ終えてしまおうと、慌ててかきこんでいるとおばさんがタオルを渡してくれた。僕は恥ずかしくなって、何度も頭を下げたが親切にされたことが嬉しかった。

家に帰ると何事にも無関心に見えていた父が、初めて大声で怒った。「黙ってどこに行ってたんだ‼」僕は父に謝り、出かけるときは必ず行先を告げる約束をした。そのルールが課されてから、僕は自転車や電車で行ける範囲のいろいろな海を見て回るようになった。どことして同じ海はなかった。潮の匂いや海面の色、岩場や砂浜の形状などで景色がまるで違った。ゆったりした海や、厳しい感じのする海。海がこれほど違うことは僕にとって大きな発見だった。

大学生になると、父が再婚した。僕は一人暮らしをすることにした。新しい母と住むのが嫌なわけではなかったが、二人の邪魔をするようで気が引けたのだ。それに続くように母も再婚が決まり、姉も間もなくして結婚することになる彼氏と一緒に暮らし始めることになった。

「いつでも遊びに来なさい」

三人は口を合わせて言うのだが、僕には父の家にも母の家にも、姉の家にも行きづらかった。いよいよ帰るところがなくなった。自分で借りているアパートがあるのに、僕はその部屋を安住の地だとは思えなかった。

そこから先、僕はアルバイトでお金を貯めては定期的に旅に出る生活を始めた。行先に選ぶのは海ばかりだった。生まれた町から遠く離れた海の音を聞いていると、そこが僕の帰る家であるような気がしていた。お金がないので貧乏旅行だったが、初めて行った宿の薄い壁にもたれて、自分の部屋よりも安心感を覚えていた。これからもずっとこうやって転々と安らげる場所を探せばいいと思った。

ざく、と音を立てて海岸を歩いていく。砂浜が広く、長く伸びている海岸線だ。遠くで「わあっ」と声が上がり、僕は暗がりで目を凝らした。花火をしている家族がはしゃいでいる。どこかで見た光景だ、と思い、ふと記憶が蘇ってきた。僕たち家族は、一度だけ家族全員で、海で花火をしたことがある。

珍しく早く帰ってきた父が、僕たちへのお土産《みやげ》に花火セットを買ってきてくれたのだ。もちろん僕と姉は大喜びだったが、母だけは引きつった顔をしていた。母は火が苦手なのだ。ガスコンロの火をつけるのも恐る恐るだった母は、「私は留守番してる」と言い張ったが、結局ついてきた。バケツと花火セット、ろうそくとマッチを持って、僕たちは海岸で花火をした。母はずいぶん離れた場所に腰を下ろし、遠巻きに僕たちを眺めていた。

「私はここで見てる」

そう言いながら、じっと僕たちを見ていた。花火に火を灯すと、暗闇に明るい炎の線が描かれた。僕と姉ははしゃいで笑っていた。ロケット花火を手にした父の笑顔も覚えている。ねずみ花火はやめておいた。母に怒られそうだったから。

——どうしよう。

僕は迷ったが、母の下へ行き、母の手を引いた。僕は持っていた線香花火を母に渡した。

「これだったらお母さんもきっと怖くないよ」

正直断られると思った。「放っておいて」と機嫌を損ねて一人家に戻ってとしまうかもしれない。しかし母は線香花火を受け取ると、なんとも言えない寂しそうな微笑みを浮かべた。本当は、母も僕たちに加わりたかったのかもしれないと咄嗟に僕は思った。「そうだね」と母は頷いて火のそばにやってきた。

母と僕は線香花火をした。小さな小さな火なのに母は「やっぱり怖い」と言いながら笑っていた。僕は嬉しくなって母を助けようとした。怖がる母と一緒に細い線香花火を持った。線香花火の火がぽとんと落ちると辺りは真っ暗になった。あのときは、みんな笑っていた。僕はそれが嬉しかった。

過去の思い出にひたり、いつの間にか目を細めていた僕は、「怖い怖い」という声を聞いた。花火をしていた家族の――まだ幼稚園児か保育園児ぐらいだろうか、小さな男の子が火を怖がっているのだ。

「じゃあ、たっくんはそこで見てれば？」

たっくん、と呼ばれた男の子の兄だろうか、小学生ぐらいの男の子が花火を複数本摑んで嬉々として一人で花火を始めた。たっくんは泣き出してしまった。

「嫌だ、ぼくもやりたい！」「でも怖いんでしょ？」

そんな兄弟のやり取りに、二人の両親も困っていた。僕は彼らを見ながら歩いているうちに花火を怖がる母と幼い頃の僕が重なり、彼らのそばまで来ていた。驚いているご両親に挨拶してから、僕はたっくんに提案した。

「一緒に花火を持ってみよう。そうすれば怖くないよ」

たっくんは戸惑っていたが、挑戦してみたい気持ちが強かったのか「うん」と頷いた。頬に涙の筋のあとがついている。

「まずは線香花火からね。これなら、きっと怖くない」

たっくんは嬉しそうに頷いた。たっくんが線香花火の持ち手をこわごわ持ち、僕は火に近いほうを手で支えてあげながら花火の先に火をつける。じゅっと火がつく音と火薬の匂い。それからすぐにパチパチと小さな火花が散る。

「きれい……」

たっくんは線香花火を見つめている。花火の炎を見ているのは、あの日の僕のような気がした。幼い僕が砂浜にしゃがみ込み、夢中で花火を見つめている――そのとき、たっくんがこちらを見て笑った。ぽとり、と線香花火の丸い炎が落ちる。

「ありがとう、おじいちゃん」

たっくんが僕に言った。僕はたっくんに言われ、思わず自分の顔に手をやる。撫でると顔にはたるみがあり、子供の頃にはなかった皺が刻まれていた。

そうだ。早く大人になりたかった僕は、いつの間にかおじいさんと呼ばれる年齢になっていた。旅をして見てきたたくさんの海の風景の記憶が混ざり合い、時間がぎゅっと圧縮され、花火を見つめている小さな子供に戻ったような錯覚に陥っていた。しかし現実の僕はおじいさんだった。火を怖がっていた母も、すでにこの世にはいない。

「もう怖くないだろう？」

僕が尋ねると、たっくんは嬉しそうに頷いた。

「うん、ぼく、せんこうはなびが好きになった」

「そうか。それはよかった」

たっくんの家族に別れを告げると、一家は手を振ってくれた。たっくんはいつまでも僕を見ていた。とても幸せそうな家族に見えた。僕は、知らない家族が楽しそうな様子を見て心が安らかになった。旅は、いろいろなものを思い出させてくれる。

僕が初めて一人で海の家に行った日、僕には友達ができた。

かき氷を食べ終え、おばさんにタオルを返した僕がお礼を言うと、おばさんは僕を見つめ、「もう少し時間ある?」と尋ねた。僕が曖昧に頷くと、おばさんは「じゃあ、せっかくだから遊んでいきな」とたっぷりした笑顔を見せた。

「さちー、ちょっとこっち来なさい!」

おばさんがかき氷を作っていた奥に向かって声をかけると、「なにー?」と幼い声が帰ってきた。

「あんたと同じぐらいの男の子が来てるよ。一緒に遊んだら？」

おばさんは何のてらいもなく、怒鳴るような声で女の子に声をかけた。

「えー!?」と奥から不服そうな声が聞こえてきた。僕だって内心同じ気持ちだった。遊ぶ、と言っても女の子だとは思わなかったのだ。

しかしややあって、女の子が奥から顔を出した。

「あたしの娘の幸恵《さちえ》、よかったら一緒に遊んできな。ゆっくりしてってていいから」

僕は幸恵に連れられて、海の家の空いている席に移動した。畳の上に幸恵は持っていた本を広げた。

「あっ！」と僕は声を上げ、幸恵は首をかしげた。彼女が持っていたのは姉のお気に入りの本と同じ『世界の地図・くらし』だったのだ。

「この本、知ってる？」

幸恵はおばさんの豪快さを受け継いでいるのか、屈託なく笑った。僕が頷くと、幸恵は本のページをめくった。

「どの写真が好き？」

僕は迷ったが、姉とくり返し見ていたハワイの写真を選んだ。すると幸恵は、にーっと口を横に広げて微笑んだ。

「わたしもおんなじ！　いつか行ってみたいよね」

僕は急に恥ずかしくなった。「うん」とか「そうだね」と口の中でつぶやいて後は頷いてばかりいた気がする。けれども、一人で海を見ていた僕は、海の家のおばさんと、おばさんの娘の幸恵のおかげで寂しい気持ちを忘れられた。

家に帰るときに、電話番号と住所を教えてもらった。おばさんが「また夏になったら遊びにおいで」と言った。幸恵はおばさんの隣で神妙な顔をしていた。

帰ろうとした僕に、「あんたさ」とおばさんが突然声をかけた。

「詳しいことは何も知らないけどさ……きっとあんたはこれまで言いたいことを我慢してきたんじゃないかな。あんたの中にはたくさん言えなかった言葉が詰まってるんだ」

おばさんの口調は優しいものに変わった。隣でずっと幸恵が心配そうに見守ってくれている。

「あんたは皆の前で泣いたり怒ったりしていいんだよ。それをあたしたちみたいな大人が受け止めてあげるんだから。あんたは、まだ無理に大人にならなくていいんだよ」

おばさんの言葉に、僕の目からいつのまにか涙が溢れていた。そして号泣する僕の肩を幸恵がさすってくれた。人前で泣いたり怒ったりしてはいけない。誰かを困らせてはいけないと思っていた。だけど、当時の僕はまだほんの子供だったのだ。力もなく、何もできず、そんな自分がもどかしかった——。

記憶が蘇り、立ち止まった僕の背中を、誰かがふいに叩いた。

「あなた、こんなところにいたの？」

僕は驚いて我に返った。目の前には、僕と同じく、おばあさんと呼ばれる年齢の女性が立っていた。僕は彼女を見ただけでふわりと気持ちが軽くなった。

「ああ……一人で出てきてしまってごめん」

「別にいいのよ。考えごとしながら一人で散歩するの、楽しいもんね」

僕の考えそうなことは、すべてわかっているような口調で妻が笑った。

「幸恵」

久しぶりに妻の名前を呼ぶと、妻はにーっと口を横に引いて嬉しそうに笑った。海の家で見たときの少女のまま、とは言わないが面影を残すいたずらっぽい笑顔は今でも変わらない。幸恵はあのとき僕に声をかけてくれたおばさんによく似て、いつも屈託がなく明るかった。

僕はもう一人ではなかった。海の家から帰って、僕は幸恵と文通を続けた。何通も手紙をやり取りし、大人になって再会した。旅を続ける間に、僕はたびたび幸恵を思い出した。

僕には帰る家ができ、旅を続ける必要がなくなった。幸恵のいる家庭は温かく、仕事と子育てに追われて僕たちはおじいさんとおばあさんになっていた。子供たちは独立し、僕は仕事を退職し、幸恵にも時間の余裕ができた。僕は初めて泊りがけの旅をした海に久しぶりに幸恵を誘うことにした。

　これからはどこかから逃れるためではなく、楽しむために旅に出ようと思ったのだ。もう一度、新しい気持ちで旅を始めようと思った。

「こうやって、これからもたくさん二人で旅をしないか？　まだ約束したあの海にも行ってないし」

　幸恵が嬉しそうに頷くと、僕も笑顔になる。砂浜には二つの足跡が並んでいる。僕は旅に出て、一緒に旅に出てくれる人を見つけた。そして幸恵に出会った日、幼い子供の涙を受け止められる大人になろうと決めた。

　僕は、そんな大人になれただろうか。

　遠くで打ち上げ花火の音が聞こえる。ここからまた、旅が始まる。

冬の旅

鳴海澪

畳紙《たとうがみ》を開くと鮮やかなブルーの地に四つ葉柄の涼やかな浴衣《ゆかた》が現れた。

「すごいね。真夏の空みたいな色。縁起がよさそうな模様だね」

いつもセットになっている揃いのポーチを手にしながら朱夏《しゅか》が感想を述べると、父が満足そうに頷いた。

どこから手に入れるのかは知らないが、父は毎年朱夏に浴衣を誂《あつら》える。小学生になると同時に始まった習慣だから、もう十八年になる。子ども会の夏祭りを皮切りに、学生の頃は花火大会やデートにも着たが、社会人になってからは袖を通す機会も減っている。

一度、洋服のほうがありがたいと言ったら、父は本当に悲しそうな顔をした。朱夏が三歳のときに妻の夏美《なつみ》を亡くし、それからは文字どおり男手ひとつで娘を育て上げた父のささやかな楽しみだと思えば、それ以上何かを言う気にはなれなかった。以来毎年、朱夏は新しい浴衣を笑顔で受け取っている。

友人の祖母が「立派な染めの浴衣ね」と感心していたぐらいなので、それなりの値段のはずだ。そんな余裕があるなら自分の趣味に使えばいいと思うが、年に一度、蛍を見に行くひとり旅だけが趣味と言えば趣味なので、値段の問題ではないのだろう。

新しい浴衣を前にあれこれ考えるのは、父がこのまま一生独りでいるのだろうかと気になるからだ。二人だけの暮らしが長く、朱夏はこの生活に何の疑問も抱かずにきた。だが佐伯恭輔《さえききょうすけ》という結婚を考える相手に言われた言葉が朱夏の心を揺らした。

――お父さんは朱夏が結婚するまでは、自分のことは後回しにされていたと思うんだ。だから朱夏のことは僕に任せてくださいって、ちゃんとお伝えしないとね。

恭輔にすればごく自然な思いだったのだろうが、父が娘のためだけに生きるのをどこか当然と受け止めていた自分の幼さに気づかされた。

それから朱夏は、今さらながらに父という人の生き方を考えるようになった。

自分にとって、父は父でしかないが、他人から見れば父は「内嶋元《うちじまはじめ》」というひとりの人間なのだ。精密機器メーカーの技術職として働く父が妻を亡くしたときはまだ二十代だった。朱夏には母の記憶がほとんどなく、一緒に塗り絵で遊んでくれた白い横顔をぼんやりと覚えているだけだが、父は違うだろう。妻と過ごした日々が鮮やかなだけに、喪失感は大きかったはずだ。だからこそ、それを埋めてくれる人を求める気持ちも、その機会もあったはずだ。

一度気がついてしまえば、父のやることなすことの意味を、いちいち考えずにはいられない。

「恭輔君と出かけるときに着るといいよ。きっと喜ぶよ」

「そうだね……ねえ、私が結婚したら、お父さんは寂しくないの？」

さりげなく尋ねると父は笑って首を横に振った。

「恭輔君はいい青年だ。君が幸せになったらお父さんは嬉しいだけだよ」

そう言って父は話を終えるように腰を上げた。リビングのテーブルに着いてテレビのスイッチを入れる父の横顔は穏やかで、優しい。

仕事には真面目で、人当たりもいい。声を荒らげることもなく、家事もできて、家庭人としては最高の部類にはいるはずだと朱夏は父を冷静に評価する。

なのに何故か、親戚の間で父の評判は悪い。朱夏が小さい頃はたまに母方の祖父母の家に預けられたが、祖母は特に父のことを嫌っているようだ。

——元さんがひとりでいるのは当たり前。罪滅ぼしみたいなものなんでしょ。

祖母の吐き捨てるような言葉と、祖父が「朱夏がいるんだぞ！」と小声で叱っていたことを今でも忘れられない。

母が亡くなったのは父のせいではなく、病気のせいだったけれど、娘を若くに失った事実に耐えるために、祖母は父を恨むことにしたのかもしれない。

そんな周囲の目に気づいていないはずはないのに、いつも静かに、当たり前のようにひとりでいる父の心の内を知りたくて、朱夏はその横顔を見つめた。

＊＊＊

布を押さえる木枠を倒す音、水の流れる音、機械を使って空気で染料を圧縮する音、いろいろな音が工房の中に響くが、人の声は時折聞こえるだけだ。染め物工房の職人たちは誰もが自分の作業に集中していて、空気が張り詰めていた。

夏休みの旅行先で染め物工房を見学に来た朱夏と友人たちは、軽い気持ちで訪れたのが申し訳ないような気持ちで息を詰めて作業を見つめる。

女性の職人がひとりいるのが人目を引く。見た目は華奢だが、木枠を扱うのも布を捌くのも堂に入って年季を感じさせる。四十代くらいだろうか。化粧っ気もなく髪も無造作に括っただけだが、白い横顔が凜として辺りを払う。

女性の職人という理由ではなく、朱夏は何故かその横顔に心が動いた。

「では、みなさん。ショップのほうへご案内いたします」

ガイドの声にみんながほっとしたように肩の力を抜いた。

「緊張したねえ。なんか見るのが悪いみたい。真剣なんだもんね」

「だよねー。迫力あった。あ、この巾着がカワイイ。どうかな？」

ショップの雑貨に友人たちが盛り上がる傍で、朱夏は浴衣に目を留めた。

ピンクパープルの地に四つ葉の植物模様は、今年父から贈られた浴衣と同じ柄だ。『カタバミ柄』という説明書きに驚いた朱夏は思わず声に出した。

「カタバミ柄？　これって四つ葉のクローバーじゃないんだ……知らなかった」

「カタバミという植物です。丈夫な植物で縁起がいいんですよ」

近づいてきた声に顔を向けると、先ほど見た女性の職人が微笑みかけてきた。

「そうなんですか。私、これと同じ柄の浴衣を持っているんですが、珍しいですよね。もしかしたらここで買ったのかな……？　あ、これです」

持ち歩いている、浴衣と揃いのポーチをバッグから出して見せると、女性の眼差しが一瞬激しく揺れたが、すぐに笑顔の中に消えていく。

「そうかもしれませんね。でもデパートにも出していますから……」

わかりかねます——と言った女性は、「冬子《ふゆこ》さん、仕入れ先の人が来たよ」という声に呼ばれ、黙礼をして朱夏の前から足早に去っていった。

たったそれだけのことなのに、彼女のことが妙に頭に残った朱夏は、家に戻ってから父に工房のことを尋ねてみた。

「いや、知らないな。綺麗だから買っただけだしね。カタバミなんだ。へぇ」

朱夏の話はいつだって熱心に聞く父にしては素っ気ない返事をして、さっさと話を終わらせたのがまた朱夏の疑問を大きくする。

ネットでその工房を調べると、職人紹介のコーナーはあったものの、ニックネームのように孝志や翔平という名前だけの記載で、冬子も冬子としか書かれていない。だが数行のプロフィールに朱夏は視線を吸い寄せられた。

——小さい頃から塗り絵が好きで、それが高じて染め物に興味を持ちました。

朱夏の脳裏に白い横顔が浮かび上がった。

写真で見る母は朱夏によく似た丸顔に、小麦色の肌をした健康的な女性で、儚げな白い横顔ではない。では、自分の横で塗り絵をしてくれたのは誰だったのか。不意に湧いた疑問なのに、まるでずっと温めていたかのようにその問いかけは朱夏の中で一気に膨らんでいく。

冬子という人は何故、わざわざ仕事の手を止めて、自分に話しかけてきたのだろうか？　カタバミ柄の浴衣に興味がない振りをしたのに。まさか――。

朱夏は両親のアルバムを引っ張り出して、写真を調べ始めた。

たった一枚見つけた「冬子」の写真を手に、朱夏は久しぶりに母方の祖父母の家に行った。父との関係があまりよくない祖父母と会うのは気が進まないが、今回ばかりは仕方がない。結婚前の母のアルバムからは不自然に写真の剝がされた跡があり、おそらくそこには冬子の写真があったはずだ。

「お祖母ちゃん、この人は誰？」

花嫁姿の母の背後に、小さく冬子がいる写真を見せて単刀直入に尋ねた。

顔をしかめて写真を見た祖母の顔色がすーっと引いたのがわかった。

「……知らないね」

目を逸らした祖母は、聞こえるか聞こえないかのような小声で呟いた。

「冬子さんって言うんでしょ？　結婚式に来てるんだから知ってる人だよね？　一枚しか写真がないのが不思議だけど」

冬子という名前に祖母はびくんと反応して、朱夏を見た。

「……なんでもかんでも知ればいいってことじゃないんだよ。朱夏」

「それは私が決めるから、教えてください」

低い声に祖母の忠告の気配が濃く漂うが、朱夏は従わなかった。

「そんなに知りたければ教えるけど、一度切りにしてちょうだい」

すっと朱夏から目を逸らして祖母は口早に言った。

「冬子は夏美の妹だったんだよ」

「だった……？」

「そうだよ、今はもう娘なんて思ってないから」

歳を重ねた顔に生々しい怒りを浮かべて祖母は朱夏をきっと見つめた。

「夏美が入院中に、まだ学生だった冬子が元さんと朱夏の面倒を見てたんだよ。そりゃ良くやってくれて、夏美も私たちも助かっていたし、感謝もしてた」

「……私、一緒に塗り絵をやった……」

「冬子はそんなふうに朱夏を手なずけてたんだね。なんて子なんだろう……」

身を捩るようにして祖母は声を絞り出す。

「なのに、夏美が大変なときに冬子と、あんたのお父さんは――」

「まさか……嘘でしょう」

反射的に声を上げたが、祖母は頑強に首を横に振った。

「ホントだよ。二人で楽しそうに笑ってたよ。夏美があんなときに……」

そのときの光景を思い出したのか、祖母は目頭を強く拭った。

「我が子でも許せないし、あんたのお父さんはもっと許せないんだよ。朱夏に罪はないけれど。本当に辛いんだよ……」

決して消えるとは思えない憎しみを込めて言葉を吐いた祖母は、急に力を失って肩を落とした。朱夏に出て行けと言うように震える手を横に払った。

祖母から聞いたその秘密はひとりで胸に抱えておくには重すぎて、朱夏は恭輔に言葉を選びながら打ち明けた。

「お祖母ちゃんの言うことは本当なのかな……？　恭輔さん」

「それはわからないな。真実はお父さんと冬子さんの中にしかないんだ。もし、お父さんに尋ねるなら、お父さんの言葉を朱夏が信じるかどうかがすべてになるよ。その覚悟がある？」

あくまで柔らかく、恭輔は朱夏を包み込むように言った。

「信じる覚悟もなしに人の過去に踏み込むのはやめたほうがいいと僕は思う。聞かないで知らん顔をしてあげるのだって、優しさじゃないのかな？　どちらにしてもお父さんは朱夏にとって、いいお父さんなのは間違いないんだからね」

恭輔の言うとおり、聞かないほうがお互いのためかもしれない。

けれど、今さら――だからこそ、父の人生が知りたいと朱夏は焦れた。

＊＊＊

冬子の写真を父に見せると、父は黙って朱夏を見返した。

「この間の旅行で染め物工房を見学したときに、この人に会ったわ。私にくれた浴衣はこの人が染めたものなのね？」

無言のまま頷く父の表情に何の揺らぎもない。

「……お母さんの妹の冬子さんなんでしょう？　お祖母ちゃんに聞いたの」

そうか――と呟いた父は、朱夏が他のことも聞いたことを察したように静かに口を開いた。

「私はね、夏美を最期まで愛していたよ。妻として母として彼女は強くて、優しくて、最高の人だったと今でも思う。冬子さんへの気持ちとは違った」

含むところのない眼差しで父は朱夏を見つめる。

「夏美の体調が思わしくなくて、本当に毎日が辛かった。もういっそのこと君を連れて夏美と一緒に逝ってしまいたいという気持ちを抑えてくれたのは、冬子さんだった。あの人が、私と君をこの世に残してくれたと思っている」

静かな口調に父が耐えた苦しみが滲み、朱夏に伝わってくる。

「冬子さんは夏美を私と同じぐらい、いや、ともに過ごした年月から言えばそれ以上に大切に思っていたはずだ。彼女は同志として私を支えて戦ってくれた」

「同志として戦う……？」

「ああ、まさにあのときは二人で戦ったんだ。だから周囲の人が勘繰っていたようなことは何もない。あるわけがない。あの時間はそんな甘いものでも生半可なものでもなかった……ただ冬子さんといる間だけ息ができたし、笑えた。恋をしたてのように、身体が温かくなって、生きていけそうな気がしたよ」

父は深い息を吐いて、目じりに皺を寄せて微笑んだ。

「私は朱夏がいてこんなに幸せだが、冬子さんには申し訳なかったと心から思う。彼女の人生を変えてしまった。それでもあの人は私を選んでくれたんだ」

「もしかしたら……お父さんが一年に一回会いに行ってるのは冬子さん？」

「そうだよ。たった一回しか会わなくても、冬子さんは私と人生を一緒に旅してるような気持ちでいると言ってくれる。旅は楽しいだけではないからこのまま平気だと……。私たちの旅はね、ずっと続くんだと思う」

父は穏やかながら決然とした表情を朱夏に向ける。

「朱夏に理解してもらえなくても、お父さんはもうこの旅を終えるつもりはない。君は君で、大好きな人と長い旅をしなさい。それがお父さんの願いだ」

父の顔には朱夏を思う父親としての情と同時に、ひとりの人間としての意志が隠しようもなく表れ、朱夏の言葉を奪った。

父が自分だけのものではない寂しさはあるが、自分らしい生き方を手にしていることが嬉しいと素直に思えた。

同時に染め物をする凜とした冬子の白い横顔が目に浮かぶ。

すぐには手の届かない誰かを思い、心の内だけで寄り添いあって人生を旅するのは、まるで、何も目印のない真っ白な雪の原を旅するようだ。

その清らかな美しさと厳しさが、朱夏の胸に迫った。

数日後、朱夏は父に封筒を差し出した。

「私はまだ子どもだから、誰かと一緒のほうがやっぱり旅は楽しいと思うの」

不思議そうな顔の父に、封筒を開けるように促した。中から現れた列車の切符に父の顔が一瞬強ばり、次の瞬間何かを堪《こら》えるように歪む。

「迎えにいってあげて、お父さん。これからは二人で旅をしてほしい。それが娘としての私の願いです」

顔を覆った父の肩に、朱夏はそっと手を置いた。

宝石を拾う旅にする

猫屋ちゃき

高速バスがトンネルに入ってから窓に映った自分の顔を見て、こうして旅行に来たのは失敗だったかなと思った。ものすごく退屈でたまらないという顔をしている。

「佳菜子《かなこ》はしっかり者だから、俺がそばにいなくても平気だよね」などと言われて彼氏にふられて、そのショックのまま計画した傷心旅行だった。

別れてすぐ、これまで彼氏の好みに合わせて伸ばしていた髪をばっさり切って久々にショートヘアにした。可愛い系の服もすべて処分して、もともと好きだったラフでカジュアルなものを買い直した。

その勢いでどうせなら心の傷を癒やすための旅に出ようと思い立ったのだ。目的地を決め、交通手段を調べ、宿を手配したときまではよかったのだけれど、出発まで半月あったのがいけなかった。その半月の間に私は失恋の痛手を乗り越え、平気になってしまっていた。別れた直後はひどく傷ついていたしショックだったのに、時間が経ってみると大したことなかったと気がついたのだ。

それに旅行に出発する二日前、元彼が大学の後輩女子と腕を組んで歩いているのを目撃したのもいけなかった。彼と同じサークルで、しょっちゅう「相談があるんですけど」と甘える声で電話をかけてきて彼を呼び出していた子だ。その二人が腕を組んで歩く姿を見て、悲しみも怒りもスッと冷めてしまったのだ。「しっかり者だから」と言われたことも、「俺がそばにいなくても平気だよね」と言われたことも、直後はひどく傷ついたけれど平気になってしまった。他人の彼氏に甘えて頼りきりになるような自立心に乏しい女と比べて言われたのだから、むしろそれは褒め言葉だと思い至った。

そう吹っ切れてしまってからは、かかった旅費もこうして旅行に行く時間も、無駄だったのではないかと思えてくる。あんな男と付き合っていた時間自体が人生の浪費だったのに、さらにここで無駄遣いを重ねていいのだろうかと、出発したばかりだというのに後悔していた。

それに、感傷に浸ろうと思って選んだ旅行先だから、心が元気になった今は退屈なんじゃないかと思う。女子旅におすすめと話題の町だったのだけれど、時期的なものかたまたまか、高速バスの中に若い女性の姿はほとんどない。乗っているのは出張に行く風のサラリーマンや婦人会の旅行っぽい年配女性の集団、あとは私みたいにひとりでいるいろいろな年齢の人だ。何時間もバスに揺られて疲れてしまってふと視線を巡らせると、私と同じように疲れた感じの老婦人がいるのが目に入った。

乗り換えのときにちらっと見えたのだけれど、その老婦人は風呂敷に包んだ箱のようなものを抱えていた。時折独り言を言っているのが聞こえるから少し観察してみると、どうやらその風呂敷包みに話しかけているようだ。老婦人が荷物に向かって独り言というのは、普通なら絵面的にかなりやばい。でも、彼女には危うさや悲愴感なんてまるでなく、すごく楽しそうだ。

だからだろうか。ひどく気になってしまった。

バスが目的地に着いて、乗客たちは三々五々に散っていった。私はまず予約していた旅館に行って荷物を預け、身軽になってから町の散策に向かった。

ガイドブックでいろいろ行きたいところの目星をつけていたから、最初のうちは予定していた通りに歩いていた。ここは坂道と海、それからレトロと猫が有名な町だ。風情のあるこの町は、ただ歩いているだけでそれなりに楽しい場所だった。

でもバスの中で懸念していた通り、この静かで雰囲気のある町は今の私には少し退屈だ。というより、本当は私にはひとり旅なんて向いていなかったのかもしれない。


私は自他ともに認める世話焼き気質だ。人と楽しむためだったら事前の準備も全く嫌ではないから、いつも私が幹事役だったし、デートの場所を決めるのも私だった。私は誰かがいなくても、大抵のことはひとりでなんでもできるし、ひとり旅だって楽しめる、そう思っていた。

それなのに、こうしてひとりで旅行に来てみると、寂しくて退屈でたまらない。坂の上から見下ろす家並みや海の風景はきれいなのに、今の自分がそれを満喫できていないのはよくわかっていた。

こんなことなら、友達を誘ってくればよかった。声をかければ一緒に来てくれそうな子の顔は何人も浮かぶ。でも、今回はどうしてもひとりで来たかったし、来るべきだと思っていたのだ。それが傷心旅行にふさわしいだろうからと。実際のところは、ただ意地を張っていたのだと今ならわかるけれど。

だから、行く先々で見かけるあの老婦人のことが、どうしても気になってしまった。

彼女はひとり旅なのに、ずっと楽しそうにしていた。古めかしい雰囲気の商店街を歩くときも、落ち着いたカフェで一服しているときも、可愛らしい猫が描かれた石がいくつも飾られた道を散策しているときも、ずっとだ。

そして、彼女はどこへ行くにも風呂敷包みを抱え、それに話しかけていた。

私はそれが気になってしまって、ベンチに腰かけているのを見かけたとき、ついに声をかけてしまった。

どうしても私の目には、彼女が持っているものが遺骨なのではないかと思えてしまったから。

「あの……おひとりでご旅行ですか？」

不自然にならないように、努めてにこやかに声をかけてみた。近くで見るとその風呂敷はますます、遺骨の入った骨壺くらいの大きさに見える。

「ええ、気ままなひとり旅。あなたもそうなの？　若いお嬢さんがおひとりでいるから、実はちょっと気になっていたのよね」

私の声かけに、老婦人は上品な笑みを浮かべて答えてくれた。でも、まさかこちらのことを気にされていたなんて思わなかったから、少しびっくりしてしまった。

「そうなんです。私も、ちょっとひとり旅をしようかと思いまして……」

「楽しくないのかしら？」

「え？」

「浮かない顔をしているから、大丈夫かしらって気になっていたのよ」

老婦人は、優しくうかがうような表情で私を見つめていた。

遺骨を持ち歩いているかもしれない老婦人を気にしていたはずなのに、どうやら彼女の目には私のほうが心配な人物に映っていたらしい。自分の祖母と変わらないくらいの年齢の人を心配させているのは何だか申し訳ない気分になる。

「実は私、失恋旅行なんです。……元気なつもりだったんですけど、そうじゃないように見えてたんですね」

こんな優しそうな人を心配させたままなのはいけない気がして、思いきって打ち明けてみることにした。失恋旅行といえば、きっと納得してくれるだろう。少なくとも、不審な感じではなくなるはず。

「まあ、そうだったの。それは……確かにしんみりしてしまうわね。長くお付き合いされてたの？」

「いえ。大学に入ってからの付き合いなので、一年半ほど。でも、『お前はしっかりしてるから、俺がいなくても平気だろ』なんて言われてふられたんです。それに、浮気もされてたみたいで……」

「それは、傷つくわね。落ち込んで当然よ。まあ……本当にひどい。それに、一年半は十分長いわ。若いときなら特に」

老婦人は頬に手を当て、心底同情するように言った。心配させたままなのはどうかと思って身の上話をしてみたら、さらに心配されてしまったみたいだ。

「お嬢さん、お名前は何ていうの？　私は純代《すみよ》よ」

「えっと、佳菜子です」

「佳菜子ちゃんね。これも何かの縁だから、これからお茶でもいかが？　ここから少し歩いたところに、美味しい甘味を出すお店があるそうなのよ」

老婦人――純代さんは、そう言ってにこやかに誘ってくる。

退屈していたとはいえせっかくのひとり旅だから、若い人に誘われたのなら断っていただろう。でも、純代さんの誘いは断ってはいけないような気がした。決して彼女が威圧的なわけでも強引なわけでもない。むしろ、彼女の控えめで優しい雰囲気に、もう少し一緒にいてみたいという気分にさせられた。

「お邪魔でなければ、ぜひ」

「よかった！　じゃあ、行きましょ。これがきっと女子旅ってやつね。ちょっと憧れてたのよ」

私が誘いに応じたのがよほど嬉しかったのか、純代さんはウキウキと歩きだした。そんなふうにされると、私も嬉しくなる。

それから純代さんの案内で、こぢんまりとした甘味処に入った。一番人気だというあんみつと飲み物のセットを頼んで、そこからはおしゃべりに花が咲いた。その間、純代さんの話し相手は風呂敷包みから私に変わったけれど、彼女はそれを丁寧に隣の席に置いていた。

話題は、もっぱら私の失恋話。というより、別れた彼氏の悪口だ。浮気をされた挙げ句ふられてしまったわけだけれど、付き合っているときからいろいろ問題があった相手だったから、言いたいことは尽きなかった。それに相槌を打ちながら、純代さんは「私も夫には若いときから苦労させられたわ」と笑っていた。

一緒にお茶をして、こうして話してみると、純代さんが気さくで陽気で魅力的な女性だとわかる。聞き上手だから気持ちよく話すことができるし、話すのもうまいから退屈しない。

だからこそ、ずっと手元に風呂敷包みがあるのが気になった。それを大切そうに撫でるような仕草をするのも。

純代さんの「夫には若いときから苦労させられた」という言葉から、もしかしたらご主人はもういないのかもしれないと、風呂敷の中はご主人の遺骨なのではないかと、私はそんなことを考えていた。

甘味処を出てからも、私たちは一緒に散策を続けた。特にこれといった目的もなく、のんびりと歩くだけでも楽しい。ひとりでいたときはそんなことを思わなかったのに。

でも、純代さんのことが心配だという気持ちは、まだ拭い去れていなかった。

「知らない土地をこうしてふらりと歩くのって、楽しいわね。一緒に歩いてくれる可愛らしいお嬢さんが隣にいるのも大きいけれど」

より見晴らしのいい場所へと、ゆっくりと石の階段を上りながら純代さんが弾む声で言った。もうおばあちゃんだからなどと言いつつ、その足取りはしっかりしている。それに、その華やいだ様子はまるで少女みたいで愛らしい。

「ご旅行が趣味なんですか？」

「そうねぇ。若い頃はそうだったかしら。でも、結婚してからは全然よ。亡くなった夫は束縛が激しい人だったから、こんなふうにひとり旅なんて絶対にできなかったの。おまけに出不精な人だから、二人で旅行っていうのもなかったし。新婚旅行もなしよ。信じられる？」

何か楽しい旅の思い出でも聞けるだろうかと水を向けてみたら、意外なことに出てきたのは亡きご主人への愚痴だった。カラリとした口調だけれど、わりときつい内容だ。

それなのに、風呂敷包みを撫でる手つきは優しい。

「ひどいですね。純代さん、よく耐えられましたね」

本当ならこんなことは言ってはいけなかったのだろうけれど、つい言ってしまっていた。

私の言葉を聞いて、純代さんは少し寂しそうな顔をする。でも、すぐに笑顔になった。

「私もそう思っていたけれど、こうして自由を得て旅に出たら、あの人に見せたい景色ばかりなのよ。いなくなったのだから好きにしてやるわって思っていたのに、何を見てもあの人のことを思い出してしまうの」

何だか恥ずかしそうに、でも嬉しそうに純代さんは笑った。

「あの人は出不精だけど、私の手作りのお弁当を持って出かけるのは好きだったの。だから、こうして作って持ってきたけど、ひとりじゃ食べる気にならなくて……」

「……それ、お弁当だったんですか」

ずっと骨壺だと思っていた風呂敷包みのまさかの中身に、私は驚いてしまった。でも、しょんぼりして風呂敷を撫でている純代さんに、そんなことを思っていたなんて言えない。

「あの、私が食べてもいいですか？　せっかくなので。もう少し階段上がったら、座れるところがありますし！」

しょんぼりさせたままでいるのが嫌で、つい言ってしまった。それを聞いて、純代さんはパッと嬉しそうな顔をした。

「ええ、ぜひそうして。誰かに食べてもらってこそのお弁当だもの」

階段を上りきったところにある広場に着くと、私はすぐに風呂敷包みを広げた。包まれていたのは黒いお重で、その中には色とりどりのおかずと可愛らしいおにぎりが並んでいた。これを亡くなったご主人に食べさせたかったのだなと考えると、純代さんの想いが伝わってくる。憎んでいるはずがないのだ。嫌いな相手に、こんなお弁当は作れない。

「一緒にいるときは嫌なところもたくさん見えてしまうから苦しいけれど、こうしてひとりになると、相手のいいところだけ覚えていてもいいと思うのよ。悪かったことはすべて忘れて、好きだったところや素敵な思い出だけを覚えていていいと思うのよ。ギュッと詰め込んだ宝石みたいなものにして胸にしまっておくの」

「宝石みたいなもの……」

私は、元彼との恋を無駄な時間だと思っていた。別れてしまったから、手元には何も残らなくて時間の浪費だったと。

でも、一緒にいたときは楽しかった。もうこんな瞬間、二度と訪れないんじゃないかというくらい幸せな時間もあったのだ。だから、そのことだけは忘れないでいたい。

「そうですね。覚えていたいことだけ、覚えていることにしようと思います」

純代さんの言葉を聞いて、宝石を見つけるために思い出を洗う旅にしようと私は決めた。

今の状態では、元彼のことを思い出すと頭に浮かぶのは嫌な思い出ばかりだ。でも私はこの旅で彼との思い出を洗って磨いて、キラキラしたものに変えるのだ。それはきっと、川で砂金を探すような途方もない作業だろう。それでも、磨いた何かを持ち帰ることができれば、それは私の財産になる。

純代さんとご主人との思い出のように、誰かに笑顔で話せるような、そんな素敵なものに。

菩提樹の下で

溝口智子

「やめろ、放せ！」

聖也《せいや》はバックパックにしがみつくインド人の少年を引きはがそうと、ぐいぐいと少年の頭を押した。しかし少年はまったく怯《ひる》まず、訛《なま》りの強い英語でなにごとか叫んでいる。近くを歩くインド人たちは二人に無関心で通り過ぎていく。その雑踏の中から日本人の紳士が顔を出し、ベンガル語らしい言葉で少年を一喝した。少年はしぶしぶ手を放すと、街の人混みのなかに消えていった。

「助かった……」

聖也は膝に手を突き、荒い息を整える。

「大丈夫ですか？　災難でしたね」

「あんなに小さいのに強盗なんて……。インドは恐ろしい国ですね」

「強盗などじゃないですよ。ああいった少年たちは、売店かホテルか、そのあたりの客引きです。ちょっと強引ですがね」

「あれで、ちょっと？　バックパックをもぎとられるところだったんですよ！」

紳士は楽し気に声をあげて笑う。

「インドは初めてですか」

「今日で三日目です。腹は壊すし、スリに遭いかけたし、ぼろぼろですよ。でも、もういいんです、日本に帰ります」

「まあ、そう焦らず。インド博物館は見ましたか。コルカタの目玉ですよ」

聖也は首を横に振る。

「博物館で人生が変わるとは思えません」

紳士は面白いものを見つけた子どものような表情で聖也を見る。

「人生を変える旅でしたか。そうですね、人の生き方がなにで変わるかは、人それぞれですが。私の人生を変えたのは、シャンチニケタンでした」

「シャンチニケタン。なんですか、それ」

「田舎の村です。とてものんびりしている。インドの詩人、タゴールが創設した大学があってね。日本語に訳すと、平和な在所とでも言うかな」

「平和な在所……。インドにもそんなところがあるのか」

「ここからなら、電車で一本ですよ」

都会の人混みに辟易《へきえき》していた聖也は「平和な」という言葉に心惹かれた。

「ありがとうございます。行ってみます」

「そうですか。なら、一つ頼まれてくれませんか。その大学、ビスバ・バラティ・ユニバーシティにいる私の恩師に届けものをしてほしいんです。ラジーブ・アシュカという仏教の老僧です」

紳士が胸ポケットから包みを取り出し聖也に渡す。手のひら大の円筒形で少し重い。その包みに結ばれた赤いリボンに、なにやらホッとさせられ、聖也は自然に手を出し受け取った。

「預かります」

「ありがとう。では、よろしくお願いします」

そう言うと紳士はさっと身を翻し、あっという間に見えなくなった。聖也はごったがえす歩道に、ぽつんと取り残された。ふと思う。なにかがおかしい。

自分は日本に帰る気になっていたのに、いつの間にか流されるように、全く知らないシャンチニケタンという村に行くことになってしまっている。しかも、見知らぬ男性から預かった、中身もわからない包みを持って。

聖也は、旅行者が見知らぬ人から預かった荷物から禁制品が出てきて逮捕されたという話を思い出す。人を信じることができない自分が、こんなに簡単に紳士の話を信じたなんて変だ。もしかして人を騙すプロ、詐欺師かなにかだったのでは。悶々としつつ、聖也は自分の悪い癖がまた出ていることを自覚した。

聖也は人を見たら泥棒と思えという言葉を体現したような人間だ。家族や友人の前でも緊張して、心から人を信じて安らげない。そうなった理由は祖母だ。祖母は子どもを躾けるために、様々な作り話を聞かせた。夜寝ないと妖怪がやってきて首を切られるとか、海に入ると海坊主に沈められるとか、他愛もない話ばかりだが、聖也は心の底から脅え切った。だが、それは全部作り話だと兄から教えられた四歳のとき、聖也の世界は狂ってしまった。信じていたものは存在しない。大好きな祖母が自分に嘘をついていた。もしかして、祖母が自分を好きだというのも嘘なのでは？

そう思うと父母や兄の言葉も、だんだんと疑わしく思えてきた。なにが本当でなにが嘘か。幼い聖也には判断がつかず、誰になにを聞いても嘘をつかれているかもしれないという疑念は消えず、人を疑いながら成長した。誰にも心を開けず、頼れず、その言葉は嘘か本当かと身構え続ける。それは、とてもつらい日々だった。自分自身の言葉も本当かわからなくなって、口を開くのが怖くなった。そんな人生を変えたくて、インドにやって来たのだ。

「きっと大丈夫だ。だって、あの人は俺を助けてくれたじゃないか」

自分に言い聞かせるように呟くが疑念は消えない。ぼうっと立っていると、歩行者に怒鳴りつけられた。とにかく、ここから動こう。平和な在所、シャンチニケタン。そこへ行けば、この包みがなんなのか答えが出る。聖也はシャンチニケタンエクスプレスのチケットを取り、ボルプール駅までの列車に乗った。犯罪に関係するかもしれない怪しい荷物を誰にも見つからないようにと、タオルで腹に括りつけた。その上からバックパックを抱きしめ緊張して座席に座ること二時間。ボルプールについた頃には疲労困憊して、よろよろと駅舎を出た。するとそこにいた屈強な若者十数人が一斉に聖也に目を向けた。

わっと勢いよく男たちが押し寄せる。俺のリキシャに乗れ、いや、俺の方が早いと、口々に訴える。人力車のような台車を自転車で引くリキシャはインドでしばしば見かける乗り物だ。男たちはそのリキシャの運転手だろう。もみくちゃにされてもたついていると、一際体格の良い運転手が聖也を半ば抱えるようにしてリキシャに押し込んだ。そのまま行先も聞かずにペダルを漕ぎ出す。

「シャンチニケタン！　ビスバ・バラティ・ユニバーシティ！」

なんとか叫んでみたが、反応はまったくない。恐怖のあまりバックパックを抱きしめつつ、周囲の様子をうかがう。リキシャと並走して、ヤギや牛が悠々と歩いている。沿道で商売をしている人々は、そんな動物にもリキシャにも注意を払うことなく、聖也になにが起きようが関心を持ってくれそうにはない。

のんびりとした町並みを抜け、長い塀に沿って二十分ほど走り、リキシャは停まった。男に引きずり降ろされ塀の切れ目から中に押し込まれる。恐怖で目を見張ったが、塀の中は静かで、爽やかな風が吹いているだけだった。

大きな木が広大な敷地に等間隔にたくさん生えていて、その下に何人かの若者が輪になって座っている。どうやら青空教室が行われているようだ。ここが目指してきた大学だろう。聖也の隣にやって来た運転手が、菩提樹の下で講義をしている黄色の僧衣を着た老爺を指さした。

老僧が顔を上げた。聖也に気付き笑顔で手招きする。老僧の周りに円座する学生たちも笑顔だ。聖也は身構えたが男に強く背中を押され、無理やり学生の輪の中に座らされた。講義はすぐに再開された。ベンガル語で、なにを言っているのか、ちっとも理解できなかったが、老僧の声は穏やかな波のようで、聞いていると心地よくなってくる。瞑想らしきことをして講義が終わり、学生が三々五々散っていくと、老僧が聖也に尋ねた。

「日本人だね？」

突然の日本語に驚いた聖也は言葉が出ずに、なんとか頷きだけを返す。

「驚かせてすまないね。私はここで、仏教学と日本語を教えているのだよ。それであのリキシャの運転手は、日本人を見ると私のところに連れてくるんだ」

「あなたが、ラジーブ・アシュカさんですか？」

「そうだよ。私の弟子からの荷物を持っているね」

なぜ知っている。聖也は緊張した。やはり犯罪にでも巻き込まれようとしているのか。リキシャの運転手もグルなのか。半ば睨むようにラジーブを見据えていると老僧は相好を崩した。

「どうやら、私が荷物のことを知っているのを不審に思っているようだね」

聖也は黙って頷く。

「あの弟子は、いつも贈り物を用意して歩いているんだよ。そうしてシャンチニケタンに来る誰かに渡して、届けてもらうんだ」

「なんで、そんなことを？」

「インドの郵便物は迷子になりやすい。直接手渡しするのが一番なんだよ」

立て板に水と言いたくなるようなラジーブの語り口からは聖也を騙そうという雰囲気は感じられない。だが人を騙すことに長けた犯罪者だとしたら、きっと誰をも信用させる技術を持っているに違いない。聖也はちらりとリキシャの運転手に目をやる。あの男も怪しいじゃないか。日本人と見ればここへ連れてくる、それは老僧が日本人を騙す手伝いをするためなのでは？

「どれ、受けとろうか。包みはどこかね？」

「これは本当にあなたへの贈り物なんですか」

尋ねてみたが、答えがイエスでもノーでも、信じられるとは思えない。聖也は堂々巡りする気持ちに振り回されて、包みを老僧に差し出すことができない。

「さて、どうだろう。はたして贈り物だろうか。もしかしたら、爆弾が入っているかもしれない。それは開けてみなければわからないよ」

「弟子が爆弾を送ってくることなんてあり得ないでしょう」

老僧は静かに首を横に振った。

「この世には様々な可能性がある。どんなことが起きるか、完全に予測することなど、誰にもできない。たとえ、信じている人からの贈り物でも、私を傷つけないとは言い切れないんだ」

まるで自分の心を見透かされたようだ。いつも聖也が思っている通りの言葉だった。聖也はますます怪しんで、むっつりと口を閉じる。老僧は続ける。

「この先にどんな未来が待ち受けているかわからない。だから、中身がわからないものは開けたくないと思わないかね？」

聖也は身を硬くした。やはり、自分の考えを読まれているかのようだ。老僧は中身がなにかを知っているに違いない。それなのに知らぬふりをしている。

なんのためだ？　どんな企みを持っている？　騙されているのかと思うと怖い。だが、もしこれが本当に犯罪に関わるものなら、見過ごすことはできない。

「これは渡せない。あなたは信用できない」

「ならば、誰なら信用できる？　私の弟子なら大丈夫かね？　警察なら大丈夫かね？　家族、友人、恋人、君が安心して包みを手渡せるのは誰か？」

問われた聖也は答えを見つけられない。老僧は静かに尋ねる。

「君は、一人で背負いきれない重い荷物を、誰に託すのだろう」

「……誰にも。誰も信用できない」

「それは困った。では君は一生、その荷物と共に生きねばならない。なにが入っているのか、まったく予測もつかないものと」

そんな人生はごめんだ。正体もわからないものに脅え続ける生涯など。

「ここで包みを開いてみたらいい。中身がなにかわかれば、対処法もわかる。捨ててしまえばいいものか、それとも自分の身を滅ぼさないように隠すべきか」

渡せないと言いながら荷物の重さに潰されそうだった。なにもわからないままにしていたら、恐怖が怪物のように肥大して食われてしまうかもしれない。

「なんでこんな怖い目に遭わなきゃならないんだ」

独り言のような呟きに、老僧は丁寧に答えた。

「怖いものがあるのは悪いことではないよ。恐怖心があるからこそ、人は自分を大切に守っていける」

「恐怖心なんて足かせにしかならない。今だって、俺は動けないじゃないか」

「いいや、君は私のため、弟子のために、歩いてきてくれた」

目を上げると、老僧は優しく微笑んでいた。深いしわが刻まれた顔には、人生の苦労を乗り越えて生き続けてきた誇りのようなものが見いだせる。その顔を見ていると、他人を騙し自分の誇りを傷つける人物には見えなかった。

聖也は服の下から荷物を引っ張り出し、リボンを解き恐る恐る包みを開く。中には一本の筒が入っていた。金属製で上端と下端にガラスが嵌まっている。

「……なんだ、これ」

「遠眼鏡だね。覗いてごらん」

目に当てて遠くを見やる。確かに単眼の望遠鏡だ。遠くに生えている木の葉がはっきりと見えた。聖也は広々とした風景を見ながら、呟く。

「俺は、こんなものを怖がってたのか……」

「君は未知なるものが怖いのだろうね。人の心も、自分の心も」

聖也は目を落とし、じっと手の中の望遠鏡を見つめる。

「そうかもしれません」

「知らないことは知ればいい。行って自分の目で見てくれば、なんてことはないさ。目を瞑ってごらん、見つめてみよう」

見ず知らずの人間の前で目を瞑るのは怖かった。見えない間になにをされるかわかったものじゃない。だが、聖也は騙されてひどい目に遭っても今なら後悔しないような気がした。自分の人生の何倍も生きているであろう老僧が見せるものを見てみたかった。静かに目を瞑ると、老僧が聖也の眉間に指を当てた。

「視線をここから、自分の中心に向けるんだ」

聖也は黙って頷いた。自分の奥深くに見慣れた故郷の人々の顔が浮かぶ。いつも疑ってばかりだったのに、思い出す懐かしい顔はみんな笑っている。

「目を遠くへ向けて。なにが見える」

目を瞑ったままで、先ほど望遠鏡を覗いたときのように視線を動かすと、遥か遠くにあるはずの我が家が、すぐそこにあるように見えた。縁側に座った祖母が、旅の空の聖也を心配してそわそわしている。家族がそんな祖母を安心させようと、お土産《みやげ》を山のように抱えて帰ってくるよと慰める。みんな心から聖也の帰りを待っている。その映像は、きらきらと眩しい光に包まれて消えた。

目を開けて、手にした望遠鏡に元のようにリボンをかけ、老僧に手渡す。

「疑って、すみません」

「なんのなんの。疑い、検証し、納得して得た信用は固いだろう」

聖也は自分の中に決意のようなものが芽生えたのを感じた。自分はもう恐れない。誰に騙されたとしても自分を信じて歩いていける。聖也の心の奥に本当の帰るべき場所があり、愛する人たちがいるのだということを知ったのだから。

「今なら、変われそうな気がします」

「もう変わっているよ。君はすべての可能性の中から今の君になることを選んだのだよ。わかるね？」

聖也は老僧の目を見つめた。そこには疑うべきなにものもない。老僧は頷いて立ち上がり、彼を待っている学生たちの方へ歩いて行った。

振り返ると、リキシャの運転手が木にもたれて居眠りをしている。聖也は微笑み、彼の隣に座って目を閉じる。とても落ち着いた静かな気持ちで、涼しい風を感じて眠りについた。

出戻り温泉

南潔

盆休みの真っただ中、俺ははじめて降りる駅で途中下車した。

帰省先の実家から都内の自宅に戻る電車、通過待ちで停車中の駅で『出戻り温泉』という看板が目に入った。気づくと俺は、電車を降りていた。スマホで検索してみると、電話番号と住所以外の情報はなく、ネット予約もできない温泉宿であることがわかった。盆休み中の当日予約。断られるだろうという俺の予想に反し、電話に出た宿の女将《おかみ》は「一泊二食付き、一名様ね」とあっさり受け入れてくれた。

「あっちぃ……」

吹き出す汗を拭い、駅から続く一本道を上っていく。田舎が涼しいというのは幻想だ。就職で上京するまで田舎で暮らしていたのでよく知っている。しばらく進むと現在は営業していない土産物《みやげもの》屋や民宿の建物がちらほらあった。昔このあたりは温泉街として栄えていたのだろう。

「……ここか」

坂道を上りきったところに、古い鉄筋四階建ての建物があった。入り口の横の壁には『出戻り温泉』と書かれた木製の看板がかかっている。中に入ると、昔ばあちゃんの家に遊びに行ったときのような懐かしい匂いがした。花柄の絨《じゅう》毯《たん》が敷かれたロビーには、ガラスケースに入った日本人形や木彫りの熊、陶器のオルゴールなど、統一感のない置物が飾られている。奥にあるひび割れた革のソファでは、作務衣《さむえ》を着た爺さんがひとり、テレビの将棋番組を眺めていた。

「弗子《ふっこ》、お客さんだよ」

俺に気づいた爺さんが声を張り上げる。しばらくして、カウンターの奥から俺の母親と同じくらいの年齢の女が顔を出した。

「おまたせしました。ご予約の方？」

電話と同じ声。この宿の女将だ。柄物のワンピースにエプロンをつけている。日によく焼けた顔は、ソファに座っている爺さんとそっくりだった。

「さっき電話で予約した能間《のうま》です」

「あっ、能間さんね。よく来てくれたわねえ。外暑かったでしょ?」

にこにこ愛想よく話しかけてくる女将に、俺は少し身構えた。

田舎にはおしゃべり好きの余計な世話焼きが多い。少なくとも俺の実家の周辺はそうだ。昨日も実家に集まった遠い親戚や近所のオッサンにプライベートを詮索されたあげく「え? 今年三十二? そろそろ親に孫の顔でもみせてあげなきゃだめだよ」と呆れられ、お経をあげにきた住職からは謎《なぞ》の上から目線で「今のうちに親孝行しておかないと後悔するぞ」と長々と説教されて、うんざりしていたところだった。

俺の懸念に反し、女将はなにも聞かず「お部屋の鍵用意するから、これ書いてくれる?」と宿泊者名簿を差し出してきた。

「女将さーん、きたよー!」

名簿に住所や電話番号を記入していると、若い女が入り口から入ってきた。

金髪に派手なTシャツとショートパンツ、大きなリュックを背負っている。

「いらっしゃい、サナちゃん。お部屋用意するから、ちょっと待っててくれる？」

「おっけー」

女はソファに座っている爺さんに近寄り「おーだんなさん、元気だった？」と声をかけている。爺さんは「元気だ」と頷き、テレビに視線を戻した。おーだんな――大旦那か。あの爺さんはこの宿の主らしい。

「能間さんのお部屋は四階。エレベーターを使ってね。お布団はもう敷いてあるわ。温泉はこの奥にあるから、部屋のタオルを持っていって。夕食は二階の宴会場に用意するから十八時にきてね」

女将から部屋番号のキーホルダーがついた鍵をもらい、古いエレベーターで四階に上がった。合板の薄いドアを開けると畳の匂いがする。八畳一間の和室にはテーブルと座椅子、布団が敷かれていた。外観同様内装も古いが、清掃が行き届いているので嫌な感じはしない。クーラーは新しく快適だ。荷物を降ろし、窓から部屋の外を眺める。目の前には山、すぐ下には川があった。

俺は浴衣《ゆかた》とタオルを持って、一階にある温泉に向かった。男湯は俺の他に誰もいない。タイル張りの風呂は、大きな湯船と洗い場があるだけのシンプルなつくりだ。温泉というより銭湯という雰囲気だが、湯が良ければなんでもいい。

「うわっ」

髪と身体を洗ってから湯船に入ろうとした俺は、思わず声を上げた。大旦那が、気持ちよさそうに湯に浸かっていたのだ。いつの間に入ってきたのだろう。音も気配もしなかった。

「こっちがぬる湯、あっちがあつ湯」

俺と目が合った大旦那が言う。見ると湯船は中央で仕切られていた。

「交互に入ると気持ちいいよ」

大旦那は頭にのせた手ぬぐいで顔を拭き、目を閉じる。俺は少し迷ってから、あつ湯に入った。

「あー……」

肩まで浸かると、思わず声が漏れた。ちょうどいい温度だ。頭に小タオルをのせ、足を伸ばす。自宅ではシャワーで済ませることが多いのだが、やはり大きな湯船に浸かるのはいい気分だ。壁にかけられているパネルに、温泉の効能が書いてあった。源泉かけ流し。ぬる湯が源泉で、あつ湯は源泉を沸かし調節しているらしい。湯は匂いのない鉱泉で、飲むと胃腸にいいとある。目を閉じてしばらく湯に浸かっていると、顔にじんわり汗が滲んできた。そこで隣のぬる湯に移動する。大旦那の姿はすでになかった。いつ出て行ったのか。なんだか幽霊のような爺さんだ。

「……つめてぇ」

ぬる湯は三十度らしいが、身体が温まっているせいかつめたく感じる。ゆっくり身体を沈めると、次第に慣れてきた。気持ちいい。汗が引いていくのがわかる。暑いこの時期に、このぬる湯はぴったりだ。そこで涼んでから浴室を出た。もともと長湯するたちではない。子どものころ湯に浸かって百まで数えないと風呂から出られないという親父の謎ルールのせいでのぼせて倒れたことが地味にトラウマになっていた。親父は倒れた俺を「我慢が足りない」と叱った。昨年、俺が転職したときにも似たようなことを言われた。定年まで勤めあげることこそ正義で、それをせず転職した俺は「我慢が足りん」らしい。もともとそりは合わなかったが、転職を機に関係はさらに悪化していた。今回の帰省でも、ほとんど口をきいていない。

浴衣に着替えて部屋に戻ると、喉の渇きを覚えた。備え付けの小さな冷蔵庫を開けると、中にはジュースや缶ビールが入っている。チェックアウト時に申請して精算するシステムらしい。いつもなら缶ビールを選ぶところだが、夏バテと睡眠不足のせいか、あまり飲む気になれなかった。緑茶のボトルをとろうとしたとき、水の入ったガラスボトルに気づいた。取っ手についていたタグに『飲水可能な温泉水です。ご自由にどうぞ』と書かれている。そういえば、この温泉は胃腸にいいと書いてあった。部屋に備え付けられていたグラスに注ぎ、飲んでみる。うまい。よく冷えた癖のない水が渇いた喉を潤してくれる。

俺は敷かれている布団にごろんと寝転んだ。川のせせらぎと虫の鳴き声が聞こえる。静かだ。身体から力が抜けていく。実家では常に人がいて、落ち着けなかった。ようやくひとりになれた安堵に、俺は目を閉じた。

部屋の電話の鳴る音で目が覚めた。窓の外は薄暗くなっている。知らない間に眠ってしまったらしい。慌てて電話をとると、女将からだった。

「夕食の準備ができているから、下りてきてね」

時計を見ると十八時を過ぎている。受話器を置いて宴会場に行くと、すでに他の客が食事をしていた。若いひとり客が多く、チェックインの時に会った金髪の女もいた。皆、スマホやテレビを見ながら、のんびり食事を楽しんでいる。仕切りはないが距離をとってテーブルが配置されているので、あまり人の目を気にしないでよさそうだ。

「能間さんはそこのテーブルね。なにか飲む？」

「生ビールで」

座布団に座りながら言うと、女将が申し訳なさそうな顔をした。

「ごめんなさい。うち、瓶しかないの」

「じゃあ中瓶で」

胃腸にいいという温泉水が効いたのか、昼寝したのがよかったのか、調子がいい。腹も減っている。テーブルに並んでいるのは、酒の肴になりそうな小鉢がいくつか、固形燃料を使った陶板焼きの肉、豚肉と里芋の煮物。ありがちの料理だが、どれもうまそうだ。女将が瓶ビールとお造りを運んできた。

「サーモンと湯葉のお造りよ。ごはんはどうする？」

「あー、メシはあとでいいです」

ビールの栓を抜き、グラスに注ぐ。泡だらけになって溢れそうになり、慌てて口をつけた。よく冷えている。久しぶりにビールがうまいと感じた。

固形燃料で熱くなった陶板の上に玉ねぎとピーマン、トウモロコシ、肉を並べる。それを焼いている間に、サーモンの刺身に箸をつけた。確か鮭は生食厳禁でサーモンは養殖だから生食できるんだったか。皿の隅に添えられた山葵《わさび》をのせ、醬油に少しつけてから口に入れる。身は柔らかく、甘く、舌の上でまったりととろけた。あとから山葵の爽やかな辛さが鼻をぬけていく。黄みがかった厚めの湯葉にも山葵をたっぷりのせて食べた。しっかりした食感と大豆の風味をしばらく口の中で味わい、ビールを流し込む。陶板の肉と野菜をひっくり返し、今度は豚肉と里芋の煮物にとりかかる。絹さやの彩りがいい。豚肉はとろりと柔らかく、里芋にも味がしっかり染みていた。濃いめの味付けで、酒がすすむ。ビールの中瓶はあっという間に空になった。

「ビールおかわりする？」

揚げたての天ぷらを運んできた女将が俺に聞いてきた。

「いや、メシもらっていいっすか」

メシはもっとあとにするつもりだったのだが、我慢できなかった。このうまいおかずで米を食いたい。

「はい、どうぞ。おかわりしてね」

女将が茶碗とメシが入ったおひつ、自家製だという漬物をテーブルに置いていく。米はつやつやしてうまそうだ。小鉢や刺身の残りで一杯目。いい感じに焼けた肉と野菜にたっぷりタレをつけて二杯目。三杯目はメシの上に天ぷらをのせ、上から天つゆをぶっかけて即席天丼にした。エビとしし唐、カボチャというどこででも食べられる素材がやたらとうまく感じる。箸休めに大根と人参のぬか漬けを口に入れると、ぽりぽりといい音がした。気づくとおひつは空になり、俺は浴衣の帯を緩めなければならなかった。

「ごちそうさんでした」

宴会場を出ると、ちょうど女将と顔を合わせた。

「おなかいっぱいになった？」

「はい、うまかったです」

嬉しそうに笑う女将を見て、俺は昨夜の実家での食事を思い出していた。母親が俺のために用意したという大量の料理。母親の俺に対する情報は子どものときのまま更新されておらず、脂っこいものがメインだった。母親は俺の箸がすすんでいないことに気づくと、「どうして食べないの？」と責めるように聞いてきた。俺が「夏バテ気味であまり食えない」と正直に言うと、母親は「じゃあ食べなくていいわ」とすべての料理をゴミ箱に捨てた。昔から俺が自分の思い通りにならないと、あからさまに不機嫌になる人だった。そういうとき、俺はいつもどうしていいかわからなくなる——この年齢になった今でも。

部屋で腹が落ち着くまで休んでから、温泉に向かった。先客に俺と同年代くらいの男がいたが、会釈してすぐに出て行った。あつ湯で温もり、ぬる湯で涼む。風呂好きに宗旨替えしてしまいそうだと思った。

風呂を出ると、ロビーのソファで金髪の女と女将が隣り合って座っていた。大事な話をしているのか、どちらも真剣な表情だ。邪魔しないよう部屋に戻ろうとしたが、こういう時に限ってエレベーターはなかなか来ない。

「能間さん。そこに夜食のおにぎりあるから、よかったらもっていってね」

俺に気づいた女将が、声をかけてきた。ロビーのカウンターにラップに包まれた小ぶりのおにぎりが並んでいる。風呂に入ってちょうど小腹が空いていた。おにぎりを二個手に取る。まだほのかに温かい。

「もらっていきます」

「今の時季は傷みやすいから早めに食べてね。おやすみなさい」

「……おやすみなさい」

部屋に戻ってから、塩気のきいたおにぎりを食べた。具は酸っぱい梅干しだった。心が満たされる。はじめて訪れたこの場所で、実家では得られなかった安らかな温もりを得ていることに気づき、俺は目に熱いものがこみ上げるのを感じた。

　もともと俺にとって実家は居心地のいい場所ではなかった。帰省の時期が来るたびに憂鬱になり、帰省した後はひどく疲れてしまう。今回もそうだった。たかが一泊、されど一泊。言葉を交わしても意思疎通はできない両親とのやりとりでささくれだった心に、胃腸にいいという温泉の効能が、女将の押しつけがましくないもてなしが染み、涙が止まらなかった。

　ひとしきり泣くと、不思議とすっきりしていた。歯磨きをしてから、布団にもぐると、すぐに睡魔が訪れた。


「お世話になりました」

　ロビーで精算を済ませてから、俺は女将に言った。

「ゆっくりできた？」

「はい」

焼き魚と玉子焼き、味噌汁というシンプルでうまい朝食を食べてから、チェックアウトギリギリの時間まで温泉に入ったり、布団の上でごろごろしたりした。明日が仕事でなければ、もう一泊したいくらいだ。

「また戻っておいで」

ロビーのソファで時代劇の再放送を見ていた大旦那が俺に言う。俺は「はい」と返事をして、宿を後にした。心も身体もすっかり軽くなっていた。

出戻り温泉――俺はきっとまたここに戻ってくるだろう。

推してくれたら

迎ラミン

モケット生地と合皮でできたシートは、思っていたよりも柔らかい。

(お尻が痛くなったりは、しないで済みそうかな)

窓際の席で天宮瞳《あまみやひとみ》はひそかに安堵した。事務所からチケットをあてがわれた夜行バスだが、これならなんとかなりそうだ。

日本最長の運行距離を誇る高速バス『みなと号』。東京・新宿《しんじゅく》の大型ターミナルを夜間に出発し、なんと十四時間もかけて一千キロ先の地方都市へと向かうこのバスに瞳が乗っているのは、目的地にある大型ショッピングモールが明日の仕事先だからだ。さらに言えば、その地方都市は瞳の故郷でもある。

(けどなあ……)

心配していた座席の固さにほっとしたのもつかの間、瞳は溜め息を漏らした。

「急で申し訳ないけど、まさにヒトミちゃんのためのお仕事だと思って。ゴールデンウィークだし、里帰りも兼ねて伸び伸びといいパフォーマンスしてね」

スケジュールの都合で、当日に合流するというマネージャーは上機嫌だった。

一コマ増えたイベントの出演枠を、自身の営業でゲットできたからだろう。

もうすぐ十七歳になる瞳は、『天宮ヒトミ』の芸名でアイドルをしている。

といってもまだ駆け出しの身なので、今回のようなショッピングモールでのミニライブや地域のお祭りに出演するのが、現在のところの主な活動だ。

デビューから間もなく一年。事務所の女性寮で、同世代の仲間たちと共同生活を送りながらの毎日は充実している。だが、明日ばかりは……。

(里帰りイコール伸び伸びできる、とは限らないんですけど)

小さな顔に、つい複雑な表情が浮かんでしまう。

上京してこの方、瞳は一度も帰省していない。そもそも芸能界に入ったのも、「東京に出て、家族と離れた場所で暮らせる」という条件が魅力的だったからだ。子どもの頃からバレエは続けているが、別にショービジネスの世界に憧れがあったわけではなく、中学三年の冬、今度の仕事先でもあるショッピングモールで買い物中のところを、「人材発掘もあたしの仕事なの」と語る今の女性マネージャーにたまたまスカウトされたのである。

けれども瞳にとって、それは神様がくれたタイミングに思えた。

「あたし、やってみたい」

マネージャーに名刺をもらった翌日には早くも、両親にそう告げていた。


スカウトされたのは瞳が新しい家族、すなわち父の再婚相手である継母と、彼女の連れ子でまだ四歳の弟と暮らし始めて、半年ほど経った頃だった。

大好きだった生みの母親は、瞳が七歳のときに病気で亡くなっている。以来十年近く、寡黙な性格ながら男手一つで自分を育ててくれた父には心の底から感謝しているし、その父が望んだ再婚にもちろん反対などするわけがなかった。

新たな家族とは、幸いすぐに仲良くなれた。明るくて料理上手な継母と「ビジンのお姉ちゃんで嬉しい！」といつも言ってくれる弟の航《わたる》。けど。

朗らかで優しい二人を父が好きになり、長かった自分とだけの暮らしにピリオドを打った。お父さんには、お母さんと航が必要だった。ということは――。

（――あたし、むしろみんなの邪魔になってるのかな）

ずっと答えの出ない想いとともに、瞳は窓の外へと視線を移した。真夜中の高速道路を、照明灯の光が規則的に流れ去っていく。こんなもやもやが心に生まれてしまったのはいつからだろう。

結果、自分は逃げるようにして家を、故郷を、飛び出してきたのだ。

それでも母や航は瞳のことを気にかけて、ちょくちょくメッセージや電話をくれる。マイナーな駆け出しアイドルの活動情報など無きに等しいが、二人は事務所のウェブサイトや公式動画チャンネルをこまめにチェックしているらしく、《おねえちゃんのしんきょく、ネットでみたよ！　チョーかっこいい！》など と航から言われて、逆にこちらがあとから掲載を知ったりするほどだ。

ただし問題は父だった。瞳が東京に行きたいと宣言したときも、彼は当初反対していた。

「地元じゃ駄目なのか。今はご当地アイドルとかだってあるだろう」

芸能活動に関しては譲歩しつつも、家族と離れるのだけは認めないという頑ななな態度。言葉にこそ出さないが、その裏側には「母さんと航と暮らすのが、嫌なのか」という問いも明らかに含まれていた。かたや瞳も、自分が邪魔なのでは、などとあからさまに訊けるはずもなく、話し合いは平行線を辿るばかり。

そんな父を翻意させたのは、意外にも当の母と航だった。まだ幼い航はともかく、母の方は瞳の中に何かしらの感情があることは察していたはずだ。

にもかかわらず、笑顔で言ってくれたのである。

「素敵じゃない！　瞳は（名前を呼び捨てしてくれるようになったのも、この頃だ）こんなに可愛いんだもの。東京で沢山の人に応援してもらった方が、絶対いいわよ」

正直、鼻の奥がツンとなった。この人が新しいお母さんで良かったと、今だって嘘偽りなしに思う。けれどもだからこそ、母や航がいい人だからこそ、やはり自分はここにいない方が家族のためなのではないか、という想いが膨らんでしまうのもまた事実だった。

一方で航は、母の隣で大きな目を無邪気に輝かせていた。

「お姉ちゃん、『スマ動』とか出るの⁉　僕、絶対見る！」

今どきの子どもはテレビじゃなくて、動画サイトが「芸能人の出てくるもの」なんだ、と瞳が思わず苦笑したとき。

「……わかった。ただし向こうでも、学校にはしっかり行け。近くの高校に通わせてもらえるんだよな」

渋々、といった口調とともに父がようやく頷いた。その姿を見た母がこっそりウインクを送ってきたのを、瞳はよく覚えている。

（けどなあ）

シートの上で、瞳はふたたび声に出さずつぶやいた。

（もうちょっと応援してくれたって、いいじゃない）

上京後、しばらくレッスンを積んだ後に無事デビューしてからも、母と航とは正反対に、父のスタンスは結局何も変わっていない。直接の連絡などないし、母伝いに聞く自分への言動も「ちゃんと勉強もしてるんだろうな」という、もはやお約束のコメントばかりだ。

（明日のことだって）

これまたふたたびの溜め息を吐いて、瞳は唇を不満げに引き結んだ。一昨日《おととい》あった電話でのやり取りが脳裏に甦る。相手は父だった。

――あの、お父さん。

――なんだ。

――お母さんか航から、聞いてるかもしれないけどさ。

――知らん。

なんの話かすら確認しない、すげないリアクション。この時点で瞳はイラッとさせられたが、深呼吸して会話を続けた。悩んだ末、本番三日前になってようやく自分からかけた電話だ。素直に伝えれば、きっと温かい言葉が返ってくると信じていた。信じたかった。

――土曜日にあたし、そっちに帰るの。

――そうか。

――クリークモールでミニライブをやらせてもらえることになって。

『クリークモール』というのは、今回の会場である大型ショッピングモールの名前だ。その名の通り施設内を綺麗な人工の小川が流れており、デートスポットとしても有名である。

――新曲も歌わせてもらうんだ。

――そうか。

――………。

三文字以上喋っちゃいけない縛りでもあるんかい、と寮のルームメイトでもある芸人の友達ばりにつっこんでやりたくなったが、それでもなんとか自重する。だが瞳のささやかな努力は、ようやく聞かされた長い台詞《せりふ》によってあっさりと崩壊した。

——アイドルだのなんだのに興味はない。それより、ちゃんと学校には行ってるんだろうな。教養の乏しい人間が人前に出るなど——

——‼　わかった、もういい。じゃあね。

皆まで聞かず通話アプリもろともスマートフォンを閉じたあとで、瞳は気がついた。スクリーンに映る自分の目が、潤んでいることに。

直後に取った行動はホテルの確保だった。出演の翌日はオフなので、じつは久しぶりに我が家に泊まろうと考えていたのだが、これではとてもじゃないがそんな気になれない。母と航には申し訳ないけれど、事情を話せば許してくれるだろう。

連休中だがなんとかビジネスホテルを一部屋確保でき、かくして瞳は、気乗りしないまま里帰りする羽目になったのである。

二回だけの休憩を挟み、『みなと号』は無事に故郷の大型バスターミナルに到着した。さすがに身体は少々強張ったものの、安心した通りお尻は痛くないし、ぐっすり眠ることもできた。バスを降りて軽くストレッチした瞳は、キャリーバッグを転がしながら徒歩で『クリークモール』へと向かう。

出演は二時間後に迫っているが、小さなステージでの無料ライブなので、一時間前までに現地入りして立ち位置や音響、全体の流れさえ簡単にチェックできれば問題ない。衣装はキャリーバッグの中に入っているし、メイクももちろん（？）自前で済ませられる。慣れてしまってはいけないが、このあたりはマイナーアイドルならではの気楽さだ。

楽屋代わりに提供してもらったバックヤードの小部屋がノックされたのは、瞳が諸々の打ち合わせを終え、メイクに取りかかっているときだった。

「ヒトミちゃん、ちょっといい?」

「あ、はい! どうぞ!」

こちらは早朝の新幹線で当日入りしたマネージャーの声に明るく答え、瞳はドアを開けた。直後に「あっ！」と顔がほころぶ。

「お姉ちゃん！」

「ごめんね、本番前で忙しいのに」

同じく笑顔で立っていたのは航と母だった。「ごゆっくり」とにこやかに手を振り、マネージャーがその場を離れていく。以前に家族の写真を見せたことがあるので、面会に訪れた二人をすんなり通してくれたのだろう。

「ありがとうございます！」

彼女の背中に礼を述べてから、瞳はあらためて母と航に向かい合った。

「来てくれたんだね！　ありがとう！」

父と違って、母と航はこちらから知らせる前に《こっちでお仕事があるんでしょう？　見にいかせてね》《ぼく、オタクさんといっしょにコールする！》と、それぞれが温かいメッセージをくれていた。よく見ると航の右手には、お手製と思われる応援団扇《うちわ》まで握られている。しかも《ＨＩＴＯＭＩ》という文字とともに描かれた似顔絵は、年齢に似合わない見事なクオリティだ。

「これ、航が描いたの？　上手じゃん！　あたしそっくり！」

「うん！　でもね、僕だけで描いたんじゃないよ」

「え？」

どういうことだろう、と瞳がくっきりしたアイラインを見開くと、おかしそうに笑った母が教えてくれた。

「瞳の鼻はもっと高いぞとか、赤ちゃんのときから目尻にちょっと角度が付いてて美人だったんだとか、やたらと口を出す熱心なアドバイザーがいたのよ」

「え？」ともう一度繰り返しながら、瞳は母の顔をぽかんと見返した。

男性の口調。そして、赤ちゃんのときから自分を知っている人。まさか。

「いつまでも隠れてないで、入ってくれば？」

笑ったまま母が振り返る。瞳も追いかけた視線の先に、その人はいた。

「おとう……さん？」

まるで十年以上も会っていなかったかのような、妙なかすれ声が出た。父の方もどう返していいかわからない様子で、軽く手を挙げてみせるだけだ。しかもなぜかスーツ姿である。

「お父さんがね、お姉ちゃんの絵を描くとき手伝ってくれたの！　今日もお仕事があったけど、サボって抜けてきたんだよ」

無邪気に語る航の言葉を、「ひ、人聞きの悪いことを言うな！」と懸命に否定する父。けれども少しだけ耳が赤い。

「休日出勤なのに、わざわざ抜けてきてくれたの？」

あたしのために？　興味がないはずの、娘のアイドル活動のために？

いまだにかすれた声のまま瞳が尋ねると、またもや航が答える。

「わざわざじゃないよ。会社の人も誘うって言って、めっちゃ楽しみにしてたし。お父さんも、超お姉ちゃん〝推し〟だもん」

「航！」

不自然な父の大声には、まるで威厳が感じられない。というか耳も、頬も、ワイシャツを着た首筋も、さっき以上に真っ赤になっている。

「素直じゃない人だっていうのは、あたしたちより瞳の方が知ってるくらいでしょ」

おかしそうに語る母の向こうに置かれた、従業員用の姿見が視界に入った。

いけない、メイクやり直さなきゃ、と父とよく似たはにかみ顔で瞳は思う。

鏡に映る自分の目も、いつの間にか赤い色をしていた。

＊＊＊

「それでは歌って頂きましょう！　天宮ヒトミさんで『水色ドレスの少女』！」

流れ出したイントロに乗って、瞳は軽快にステップを刻み始めた。円形ステージの前を流れるせせらぎが、陽光を美しく反射している。自分の笑顔も、歌声も、同じように輝いているはずだ。だって——。

「お姉ちゃーん！」

Aメロ、Bメロとオタクたちの合いの手を突き抜けるようにして、聞き慣れた声が何度も届く。よく目立つ大きな団扇。その向こう側で寄り添う、一つは嬉しそうな、そしてもう一つはちょっぴり照れくさそうな笑顔。周囲には彼が誘ってくれたのであろう、似たような雰囲気の男女の姿も見える。

(あたしも素直じゃないけど)

胸の内で苦笑してから、瞳はサビの歌詞を高らかに歌い上げた。

大切な家族の笑顔に向けて。

「本当は、大好き！」

旅するカエルと願いごと

矢凪

瀬波季咲《せなみきさき》は東京から一人、観光客で賑わう京都にやってきた。

新緑が目に鮮やかな五月中旬——中学の修学旅行以来、十二年ぶりに訪れた地に、季咲は懐かしさを覚えて口元を緩める。しかしすぐに仕事で来たのだということを思い出し、気を引き締め直した。

「一応、『京都に到着！』って感じで、駅でも撮っておいた方がいいかな」

そうつぶやいて鞄の中から取り出したのは、桜色のカエルのぬいぐるみ。左手のひらにカエルをちょこんと乗せると、京都と書いてある駅舎を背景にデジタル一眼レフカメラのシャッターを切る。

通りすがりに「ぬいぐるみの写真？」と怪訝そうにジロジロと見てくる者もいたが、季咲は気にしない。確かに端から見ると『ぬいぐるみをお供に一人旅をしている観光客』にしか見えないが、これはれっきとした撮影の仕事なのだった。

事の発端は二週間ほど前。フリーのカメラマンをしている季咲の仕事募集用サイトに、一件の撮影依頼が舞い込んだ。

依頼主の名前は『カエルのママ』さん。これはもちろんハンドルネームなのだろう。風景や動物の写真に定評がある季咲に入る依頼は、ほとんどが出版社や一般企業からだったので、明らかに個人からの依頼とわかり、めずらしいなと思った。そしてその依頼内容もまた一風変わっていた。

自身は事情があって旅行できないので、依頼主が大切にしているぬいぐるみに旅をさせ、その様子を写真に収めてきてほしい、というのだ。

記されていた報酬額は、サイトで参考価格として提示している額より少し高いくらいで、ほかに急ぎの仕事も特に入っていない。おまけに、手先が器用で可愛いものが好きな季咲は学生の頃、手芸屋で購入した色んな生地を使って、小動物などのぬいぐるみを製作していた。今でも、店でぬいぐるみを見かけると、つい手に取ってしまうほどのぬいぐるみ好きだ。

そんなわけで、少し変わった内容ではあったものの、依頼を引き受けることにしたのだったが――依頼主から「旅をさせてほしいのはこの子です」というメモ付きで送られてきたぬいぐるみを見た瞬間、季咲は驚いた。

桜色のちりめん生地でできた、手のひらサイズのカエルのぬいぐるみ。黒い目玉ボタンのつぶらな瞳、丸く切った白いちりめん生地を縫い付けて表現したぷっくりとしたお腹。にっこり笑っているような形の口と、楕円形のほっぺは赤い糸で刺繍してある。苦労して製作した記憶のあるそのぬいぐるみは、見間違いようもなく、中三の時に和雑貨好きの友人に贈ったものだった。

しかし、その友人とは高校卒業時にケンカして以降まったく会っていない。大学の頃に一度だけ謝ろうと思いメールしたことがあったが、いつまでたっても返信はこなかった。

苦い思い出がよみがえり困惑した季咲だったが、一旦引き受けた仕事を断ることは真面目な性格上できず、依頼主の希望した旅先である京都へ、こうしてやって来た。

ぬいぐるみが送られてきた時に同封されていた桜柄の便せんには、修学旅行の時とまったく同じ旅程が記されていた。どうやらその旅程表通りに京都市内の各所を巡り、カエルのぬいぐるみが旅をしている風を装って撮影してほしいらしい。しかも、撮った写真はなるべくリアルタイムで閲覧したいということで、依頼主しか見ることのできない非公開の画像投稿サイトのアカウントまでご丁寧に用意されていた。

「さて、どんどん撮ってアップしていかないと回りきれなくなるわね」

季咲は駅前の写真を投稿し終えると、観光案内所で地下鉄とバスの一日券を購入し、足早にバス停へ向かう。そうして事前に調べておいた時刻通りのバスに乗り、旅程表に書かれたスポットを効率よく巡っていったのだったが――。

初日分の膨大な量の撮影を終え、京都駅前のホテルにチェックインした頃には、疲労とストレスが溜まっていた。

ビジネスホテルの狭いシングルルームで、ベッドに腰掛けて今日撮った写真を見返していた季咲は「うーん」と唸る。

有名な寺社仏閣や城を背景に様々な構図で撮られた写真は、我ながら良い出来で、ちゃんとカエルのぬいぐるみが旅をしているように写っている。けれど、旅を楽しんでいるようには見えないのだ。

「そりゃそうだよね、私の気持ちが中途半端なんだもん。まったく、湊《みなと》ってば一体なにを考えてこんな依頼、私にしてきたのよ……」

湊というのは依頼主であろうと思われる『カエルのママ』さんの本名だ。

そもそも湊は、撮影依頼した相手がケンカ別れした季咲だと認識しているのだろうか、という疑問もあった。そしてこの依頼に一体どんな意図が隠されているのか、いないのか。十年近く会っていない相手の考えることなど、季咲には知るよしもない。

「ああもう、なんで？　やっぱり気になるよ～」

こんなモヤモヤを抱えたままだと仕事に集中できそうにない。ならば、ストレートに本人に確認してスッキリさせればいいのだ。そう開き直った季咲は、依頼主にメールを送ることにした。

この依頼の意図はなんなのか、『カエルのママ』と名乗っているけれど、あなたは高校卒業の時にケンカ別れした花藤《はなふじ》湊なんでしょう、と。

しかし、送信を終えて返信を待つ間、送受信履歴を見返していると、依頼主から送られてきたメールの最後に『諸事情により、しばらく返信できませんが、ご了承ください』という一文を見つけてしまった。

「うわ、最悪……。電話番号も聞いておけばよかった!」

とそこで季咲はふと、奥の手があることに気がついた。

本人に聞けないのなら、親に探りを入れればいい。一人娘たちが保育園の頃からずっと一緒で、しかも家が近所で家族ぐるみの親交があったのだ。親同士の交流は、季咲と湊がケンカした後も絶たれてはいないはずだ。

そう推測して久しぶりに実家に電話をかけた季咲は、母親から打ち明けられた話の内容にひどく衝撃を受けた。

「えっ？　湊……入院してるの？」

「ええ。花藤さんのお母様に、季咲の方から湊ちゃんのことを尋ねられるまでは何も話さないでって口止めされてて……それでずっと黙ってたんだけど」

湊は大学に入学した直後から息苦しさや倦怠感を訴えるようになったという。なかなか改善されない症状を心配し、大きな病院で診てもらったところ、まだ治療法の確立されていない呼吸器系の難病と判明したのが大学四年の時。発症からの余命が長くて十年だと医師に告げられたのが今から五年前だというので、湊に残された時間は残りもう僅かということになる。

母親との通話を終えた季咲は、にわかには信じられず呆然とした。

「湊が、死ぬ……？　そんなことあるわけ……なくない？」

まだ二十七歳だ。ずっと闘病生活を送っていたという湊は結婚するどころか浮いた話の一つもないらしい。もちろん結婚が人生のすべてではないが、二十代後半なんて、人生まだまだこれから、楽しいことがたくさん待ち受けているはずだ――そう考えると、やりきれない思いで胸がいっぱいになる。

「……ってことは、このカエルのぬいぐるみの旅は……」

闘病生活を送る中、行きたかったけれど行けなかった念願の旅行――？

そして、彼女の人生で最期になるかもしれない旅行、ということ――？

「そんなの、やだよ……」

確かにケンカ別れはした。でも、ケンカの内容は今思えば本当に些細なことで、お互いすぐに謝っていれば済んだことだった。

「仲直り、しなきゃ。そうだ、あの神社で……」

依頼内容とは別に、旅の新たな目的を見つけた季咲は早々に就寝すると、翌朝は当初の予定よりも早く起きてホテルをチェックアウトした。

二日目は依頼主希望の旅程に加えて、修学旅行のグループ行動の時には時間がなくて行けず、湊が悔しがっていた場所にも立ち寄ることにしたからだ。

湊に写真を通して少しでもこの旅を楽しんでもらいたい。

そんな思いの表れか、季咲はいつの間にか撮影の時だけでなく、桜色のカエルのぬいぐるみを手のひらにずっと乗せたまま歩いていた。

それだけではない。

写真を撮る時は、密かに連れてきていた自分のぬいぐるみ――湊のとは色違いで同じ時に製作した若草色のカエルも一緒に撮るようにした。

これで一人旅じゃなくて、二人旅になる。

旅をしている風を装って撮影するのではなく、季咲と湊、二人で一緒に旅をしている気分で、修学旅行の時にどんな話をしていたかを思い出しながら歩みを進めていった。

そして旅程表の最後。季咲と湊が当時最も気に入った、山奥の川沿いに建つ神社までやって来た。朱塗りの鳥居をくぐって両脇に灯籠が並ぶ石段を上り、かつて湊と来た時と同じように休憩所で水占みくじをして絵馬を書く。本宮、結社《ゆいのやしろ》と順に参拝し、奥宮に着いた季咲は両手を広げて深呼吸をした。

周囲に人はいるはずなのに、その場所は不思議と静かだった。神聖な空気を感じながら清々しい新緑の匂いを胸いっぱいに取り込むと、身も心も浄化されていくような気がする。そこで季咲は桜色と若草色のカエルのぬいぐるみを、優しく抱き締めながら目を閉じて、祈りを捧げた。

（神様、どうかお願いします。湊の病気を治してください――）

本殿に向かって拝礼してから来た道を戻ると、社務所で『病気平癒御守』とブレスレット型の『水まもり』という御守を色違いで二つ購入した。水まもりの方はその場で開封し、二匹のカエルのぬいぐるみにお揃いの首飾りっぽくなるように着けてあげると、並べて写真を撮った。

水まもりの包みに『水は万物の命の源であり、この神社がある場所は万物のエネルギーである氣が生ずる根源の地である』といった説明が書かれていたので、季咲は御守を着けたカエルを通じて湊にも元気になってもらえたら――と考えたのだった。

下山した後は、修学旅行の時に湊と見つけた呉服屋に立ち寄った。そこは、カエルのぬいぐるみを作る時に使ったちりめん生地を購入した店で、言うなれば故郷みたいなものだった。

店員さんに事情を説明し、店の外観写真を撮らせてほしいと頼むと快諾してもらえた。さらに店内で目に留まった色とりどりのちりめん生地を購入すると、帰り際に『ほな次はぜひ、ご友人と一緒におこしやす。いつでも待っとりますさかい』と温かい言葉をかけられ、季咲は思わず涙をにじませた。

こうして、撮影を終えた季咲は名残惜しくも京都を後にした――。

東京に帰ってきた翌日、季咲はカエルのぬいぐるみを直接返すべく、母親から聞き出した湊の入院先へ向かった。

最近建て替えたばかりだという都内の大学病院はとても明るく綺麗だ。受付で見舞客用の番号が書かれたネックストラップを首から掛け、手指を消毒すると、エレベーターで十二階へ上がる。事前に聞いていた病室番号を頼りに廊下を進み、突き当たりの四人部屋の前に立つ。緊張してドアを開けられずにいると、巡回していた看護師さんが中から出てきたのでお見舞いに来たことを告げると、湊のベッドが置かれた窓際まで案内された。

「花藤さーん、お友達がお見舞いにいらしてるわよー」

看護師さんはそう声をかけながらベッドの回りに垂れ下がっている仕切りのカーテンを少し開けると、「失礼しますね」と、足早に去っていった。

隙間から恐る恐る覗き込んだ季咲は、以前はふっくらした体型だった湊の、病気ですっかりやせ細った姿に思わず息を呑んでしまった。

一方の湊はベッドの上で読んでいた本を閉じて脇机に置くと、季咲の見せた反応に対して、弱々しく苦い笑みを浮かべる。

「季咲にはこんな姿、見られたくなかったんだけどな……」

「あの、えっとこれ……」

湊の言葉になんて返せばいいかわからず、季咲はあたふたしながら、鞄に入れておいた桜色のカエルのぬいぐるみを取り出して渡す。

するとと湊は受け取ってすぐ、胸元でぎゅっと強く抱き締めた。

「おかえり、カエルちゃん。私の代わりに旅してきてくれてありがとうね」

季咲はその光景を見た瞬間、湊は本当にハンドルネーム通り『カエルのママ』だったのかと納得した。その姿はまるで慈愛に満ちた聖母のようだ。

「季咲も、変な依頼を受けてくれてありがとう。それからね、ケンカした時のこと、ずっと後悔してて……謝りたかったの。本当にごめんなさい……」

震えた声でそう言われ、季咲は大きく首を横に振る。

「謝るのは私の方だよ！　同じ大学に行こうって言ってたのに、私だけ落ちて……悔しくて悲しくて、『裏切り者』だなんて酷いこと言っちゃって……」

大学の合格発表を一緒に見に行った帰り、季咲は湊に八つ当たりした。悪いのは落ちた自分の方なのに、結果を受け入れられなくて湊を傷つけた。

「ううん、私も『そんなこと言う季咲なんてもう友達じゃない』なんて言い返しちゃったし。あれからすぐ謝ろうとしたんだけど、携帯が水没して連絡先がわからなくなっちゃって……謝るきっかけを探しているうちに体調を崩して、検査だ通院だって、バタついて……」

「私はてっきり、連絡が取れなくなったのはもう絶交ってことなのかと……」

誤解だったことが判明し、二人は顔を見合わせて苦笑いする。

「私ね……本当はずっと季咲に会いたかったんだよ。それに……二人でもっと、いろんなところを旅してみたかったなあ……」

まるで生きることを諦めたかのようなその言い方と、今にも消えてしまいそうな儚げな雰囲気に、季咲の身体が思わず動いた。触れただけで壊れてしまいそうな華奢な彼女の身体を優しくそっと包むように抱き締める。

「……ばか。病気が治ったら一緒にたくさん旅しよう。京都にはこのカエルの里帰りを待ってくれている人もいるんだよ。だから……生きて」

「季咲……」

「私、湊の病気が治るまで、カエルのぬいぐるみを作り続けて願掛けしようと思って、生地をたくさん買ってきたの。私にできることならなんでもする……だから、湊も生きることをまだ諦めないで。ね、お願いだから……！」

その必死さが伝わったのか、湊は季咲のことを抱き締め返すと、涙を流しながら頷いたのだった。


二年後――。

新薬による治療が功を奏し、奇跡的に難病を克服した湊と共に、季咲はぬいぐるみ専門の旅行代理店『カエル旅行社』を設立していた。

その会社では、湊の入院中から季咲が作り続けていた色とりどりのカエルのぬいぐるみたちがツアーガイド役を務め、かつての湊のように旅に出られない事情を抱えている人たちを写真で楽しませている――。

この物語はフィクションです。
実在の人物、団体等とは一切関係がありません。
本作は、書き下ろしです。

PROFILE　著者プロフィール

ふるさとは遠い緑
朝来みゆか

十一月三日生まれ。O型。二〇一三年から、大人の女性向け恋愛小説を中心に活動。富士見L文庫にも著作あり。今年最大のお買い物は、ドラム式洗濯機です。

二人の起点
朝比奈歩

東京在住。最近はじめたビオトープ。なぜかタニシが増殖して困惑中。著書に『嘘恋ワイルドストロベリー』。『たちまちクライマックス』の1、2、4に参加。どちらもポプラ社刊。

遠くへ行きたい
浅海ユウ

山口県出身。関西在住。著書に『神様の御朱印帳』『お悩み相談室の社内事件簿』『骨董屋猫亀堂・にゃんこ店長の不思議議帳』『京都あやかし料亭のまかない御飯』『ラストレター』『空ガール』他がある。

いつか行く場所へ
一色美雨季

「読む、書く、縫う、編む」が好きな根っからのインドア派。『浄天眼謎とき異聞録―明治つれづれ推理』で第2回お仕事小説コン、グランプリを受賞。その他に児童小説や、美雨季名義でノベライズも手掛ける。

鳥の夢
霜月りつ

富山県出身。バイトも会社員も経験あります。マイナビファン文庫『神様の用心棒』、小学館キャラブン！『えんま様の忙しい49日間』、コスミック文庫α『神様の子守はじめました』などの著作があります。

はじまりの日
杉背よい

著書に『あやかしだらけの託児所で働くことになりました』（マイナビ出版ファン文庫）、『まじかるホロスコープ☆こちら天文部キューピッド係！』（KADOKAWA）など。石上加奈子名義で脚本家としても活動中。

冬の旅
鳴海澪

恋愛小説を中心に活動を始める。恋愛小説の個人的バイブルは『ジェーン・エア』。動物では特に、齧歯類と小鳥が好き。既刊に『ようこそ幽霊寺へ～新米僧侶は今日も修業中～』（マイナビ出版ファン文庫）などがある。

菩提樹の下で
溝口智子

星新一のショートショートを読んで育つ。小学校5年生まで、工場には人が居ず、フルオートメーションが当たり前だと思っていた。マイナビ出版ファン文庫に著作あり。お酒を愛す福岡県在住。ちゃぶ台前に正座して執筆中。

出戻り温泉
南潔

『質屋からすのワケアリ帳簿』、『黄昏古書店の家政婦さん』（マイナビ出版ファン文庫）など、他書籍発売中。

宝石を拾う旅にする
猫屋ちゃき

乙女系小説とライト文芸を中心に活動中。２０１７年４月に書籍化デビュー。著書に『こんこん、いなり不動産』シリーズ（マイナビ出版ファン文庫）『扉の向こうはあやかし飯屋』（アルファポリス）などがある。

推してくれたら
迎ラミン

『白黒パレード ～ようこそ、テーマパークの裏側へ!～』（マイナビファン文庫）で「第3回お仕事小説コン」優秀賞を受賞し、2018年にデビュー。物語を書くのも読むのも好き。

旅するカエルと願いごと
矢凪

千葉県出身。ナスをこよなく愛すフリーライター。『茄子神様とおいしいレシピ』が「第3回お仕事小説コン」で優秀賞を受賞し書籍化。柳雪花名義の著書に『幼獣マメシバ』『犬のおまわりさん』（竹書房刊）がある。

旅先であった泣ける話
～そこで向き合う本当の自分～

2020年8月30日　初版第1刷発行

著　者　朝来みゆか／朝比奈歩／浅海ユウ／一色美雨季／霜月りつ／杉背よい／鳴海澪／猫屋ちゃき／溝口智子／南潔／迎ラミン／矢凪
発行者　滝口直樹
編集　ファン文庫Tears編集部、株式会社イマーゴ
発行所　株式会社マイナビ出版
〒101-0003　東京都千代田区一ツ橋二丁目6番3号 一ツ橋ビル　2F
TEL　0480-38-6872（注文専用ダイヤル）
TEL　03-3556-2731（販売部）
TEL　03-3556-2735（編集部）
URL　https://book.mynavi.jp/

カバーイラスト　456
本文イラスト　caco
装　幀　徳重甫＋ベイブリッジ・スタジオ
フォーマット　ベイブリッジ・スタジオ
DTP　田辺一美（マイナビ出版）
印刷・製本　中央精版印刷株式会社